「貴様の情夫を奪ってやるのだぁぁぁぁぁ――――ッ！」

5

王様のプロポーズ

真緒の賢者

「アタシ様、
か弱いか弱いウサギ(バニー)ちゃんなので。
食べられちゃいそうで怖いっす」

鵠嶋喰良
ときしまくらら
——神話級滅亡因子〈ウロボロス〉と
融合した魔術師。

紫苑寺竜胆
しおんじりんどう
――魔術師養成機関〈影の楼閣〉
中等部三年に所属する魔術師。
「み、水着くらい着てください！」
「普段人前で仮面を外すことがないもので、
正直恥ずかしいと申しますか」
不知火浅葱
しらぬいあさぎ
――〈虚の方舟〉二年に所属する
風紀委員（アズールズ）。

「よくこのようなものを着ながら
水に入ろうなどと思えるものじゃ」
えるるか
エルルカ・
フレエラ
――〈空隙の庭園〉医療部の責任者で、
彩禍が信頼を置く魔術師。

「ふふふ、捕まえたぞ。
さて、どこから味わってくれようかの——」

「なんだかむらむらしてきての」

CONTENTS

King Propose 5
true red colors sage

王様のプロポーズ5

真緒の賢者

橘　公司

ファンタジア文庫

3334

口絵・本文イラスト　つなこ

King Propose 5
true red colors sage

王様のプロポーズ

真緒の賢者

壮健なるときも、患いのときも。
満腹のときも、空腹のときも。
裸のときも、着衣のときも。
まあ、なんとかなるじゃろう。

――いいからわしに身を委ねるがよい。

序章　魔女が来たりて邪を祓う

「――万象開闢。斯くて天地は我が掌の中」

玖珂無色は、久遠崎彩禍の声で以て、その言葉を唱えた。

頭上に四画の界紋が展開されていき、無色を中心に世界の景色が塗り替えられていく。

果てしなく広がる蒼穹と、天地から牙の如く屹立する無数の摩天楼。そのあまりに非現実的な光景が、眼下で街を蹂躙していた巨人たちを呑み込んだ。

顕現術式・第四顕現。

〈現象〉を越え、〈物質〉を経て、〈同化〉に達し、ついに至る至高の〈領域〉。

魔術の到達点にして極致。如何な暴虐の怪物とて、これに抗う術などありはしない。

「恭順を誓え。

おまえを――花嫁にしてやる」

無色が悠然と声を発し、掲げていた手をゆっくりと下ろす。

するとその命に応じて、天と地に屹立した無数の摩天楼が、戦争級滅亡因子〈サイクロプス〉の群れを磨り潰すように、その境界を埋めていった。

凄まじい断末魔の叫びとともに、巨人の姿が都市の藻屑と消える。そののち、摩天楼の群れが光り輝いたかと思うと、周囲の景色が元いた場所のものへと戻っていった。

眼下には、〈サイクロプス〉によって破壊された街が広がり、逃げ惑う人々や、対応に当たっていた魔術師たちの姿が見受けられる。

痛ましい光景ではあるが——無色が滅亡因子を討滅した以上、その被害は『なかったこと』になるだろう。人々の記憶にも、街を襲った一つ目の巨人の姿は残らないはずだ。

「あれは——魔女様⁉」

「魔女様だ！　魔女様が来てくれたぞ！」

と。どうやらそこで、空にいる無色の存在に気づいたらしい。地上から魔術師たちの声が響いてくる。

多少の怪我はしているようだが、皆無事のようだ。無色は、もう心配いらないというように優しく微笑み、手を振ってやった。

急な出動要請ではあったが、つつがなく滅亡因子を討滅することができた。魔術師たちの被害も軽微。この上ない結果だろう。無色はふうと安堵の息を吐いた。

が、そこで脳裏を何かが掠め、「ん？」と首を捻る。

「何か今日、予定があったような気がするが……なんだったかな？」

しばしの間考えを巡らせるも、思い出せない。

まあ、滅亡因子を倒し、世界を救う以上に大切な仕事などそうはあるまい。無色はとりあえずこの結果を喜ぶことにして、眼下の魔術師たちにもう一度手を振った。

第一章　孤島訪う落第者

『通告。

　以下の者、必要課程を満たさなかったため、落第とす。

　高等部二年一組　玖珂無色』

　東京都桜条市に位置する魔術師養成機関〈空隙の庭園〉。

　その中央学舎前の掲示板に貼り出された書面を見つめながら、玖珂無色は呆然と立ち尽くしていた。

　色素の薄い髪と、透き通るような双眸が特徴的な少年である。今は額に玉のような汗を滲ませながら、顔を髪の色に負けないくらい蒼白にしている。

「………………」

　心を落ち着けるように一旦目を閉じ、すうっと深呼吸をする。

　──もしかしたら見間違いかもしれない。

そういえば昨夜は寝付きが悪くて少し睡眠不足気味であったし、判断力が落ちている自覚があった。ちょっと目も疲れ気味だ。似たような漢字を誤読してしまった可能性は十分考えられる。

「よし」

胸に手を置き、一〇秒。動悸が収まるのを待ってから、改めて目を開ける。

だが、目の前に示された絶望的な情報は、一言一句変わることなく無色の前に鎮座したままだった。

落第。及第の逆。試験や審査に合格しないこと。卒業・進級ができないこと。

その言葉が、魔術師養成機関において別の意味を持っていない限り、つまりはそういうことだった。

「――無色さん?」

「こんなところで何突っ立ってるのよ」

と、無色が現実逃避をするように、宇宙の広大さについて考えを巡らせていると、背後からそんな声がかけられた。

思わずビクッと肩を震わせ、油の差されていない機械のような挙動で後方を振り向く。

「く、黒衣……瑠璃……」

そこには無色の予想通り、〈庭園〉の制服を纏った少女が二人、立っていた。

一人は引っ詰めにした黒髪とクールな表情が特徴的な無色のクラスメート・烏丸黒衣。

もう一人は二つ結びの髪と勝ち気そうな表情が眩しい無色の妹・不夜城瑠璃である。

二人は無色の様子を不思議そうに見たのち、前方の掲示板に視線を移した。

「あっ」

短く声を漏らすも、遅い。

黒衣と瑠璃はそこに貼り出されていた書面を見ると、訝しげに眉根を寄せた。

「これは……」

「落第の通告？　紙で貼り出すなんて珍しいわね。連絡事項はだいたいアプリかメール経由で届くものだけど」

「恐らく、見せしめの意味もあるのでしょう」

「ああ、なるほど――って……」

そこで、書面に記されている名に気づいたのだろう。瑠璃がくわっと目を見開きながら、無色の方に視線を戻してきた。

「ちょっと無色⁉　何よこれ、落第って……！」

「お、落ち着いて。正直、俺も突然のことで何がなんだか……」

掴みかかるような勢いで詰め寄ってくる瑠璃をなんとか宥めようとする。

するとそんな無色たちを尻目に、黒衣が目を細めながら張り紙の文面を見つめ始めた。

「ここに書かれている内容を見るに、どうやら魔術師適性試験の結果が合格基準に達さなかったようですね」

「魔術師適性試験？　それって確か……」

瑠璃が思い起こすように言うと、黒衣が小さくうなずき、言葉を続けた。

「養成機関の新規入学者に課せられる試験です。通常は一年生が受けるものですが、無色さんはだいぶ特殊な中途編入でしたので」

ですが、と黒衣があごに手を当てながら続ける。

「適性試験はその名の通り、魔術師としての適性を測る試験。魔力の流れが見えれば合格ラインには達するはずです。第二顕現を発現することができる時点で、無色さんが落ちるとは思えませんが——」

黒衣はそこまで言って、ぴくりと眉を揺らした。

「もしやとは思いますが、当日試験を欠席などしていないでしょうね？　重要な試験なので必ず受けてくださいと申し上げたはずですが」

「試験っていつでしたっけ？」

「先々週の月曜日です」

「ええと、その日は——」

記憶を探るように視線を上に向け、無色は言葉を止めた。

自分の意志とは裏腹に顔に汗が滲み、頬を伝って地面に落ちる。

その反応を見てか、黒衣と瑠璃が訝しげに眉根を寄せた。

「無色さん、まさか」

「本当に試験をすっぽかしたっていうの？」

「そうじゃなくて、その。いや、そうじゃなくもないんだけど、そういうつもりじゃなかったっていうか」

無色の曖昧な返答に、瑠璃が焦れたように続けてくる。

「つまり、どういうことよ」

「その日は滅亡因子が出現して、討滅のために〈庭園〉外に出てたんだ」

無色が言うと、黒衣と瑠璃は納得を示すようにうなずいた。

滅亡因子とは、およそ三〇〇時間に一度この世界に現れる、『世界を滅ぼしうる存在』の総称。その姿は怪物であったり、災害であったり、病魔であったりする。

その脅威を、魔術で以て排除することこそが、無色たち〈庭園〉の魔術師の使命なのである。

「なるほど、そういうこと。でもそれなら問題ないんじゃない？　ねえ黒衣」

「はい。滅亡因子の討滅は魔術師の最大目的。当然、〈庭園〉のあらゆるカリキュラムに優先されます。試験を欠席してしまったとしても、滅亡因子討滅に参加していたという証明書を提出すれば追試が受けられるはずです」

「だって。よかったわね、無色」

どこか安堵した様子で、瑠璃が無色の肩を叩いてくる。

しかし。無色は引きつった表情のまま続けた。

「……彩禍さんの姿で、」

『………………』

無色の言葉に、二人の顔がピキッと硬直した。

黒衣も瑠璃も、無色の『事情』に通じている。その一言が何を意味するのかを理解してしまったのだろう。

――今からおよそ四ヶ月前、ひょんなことから瀕死の重傷を負った無色は、最強の魔術師・久遠崎彩禍と融合することによって命を繋いだ。

それ以来、無色は、『無色』と『彩禍』の二つの姿を持つこととなってしまい、あると

きは無色として、あるときは彩禍として、二重生活を送っているのだ。

「つまり魔女様が滅亡因子を討滅していた以上、無色がその場にいた証明はできない……ってこと？」

「そういうことになるでしょう」

「……その場合、どうなるの？」

恐る恐るといった調子で瑠璃が尋ねる。

黒衣は「そうですね……」と思案を巡らせるような仕草をしながら答えた。

「〈庭園〉の魔術師とはご存じの通り、滅亡因子と戦う使命を帯びる者。その任務には常に命の危険が伴います。適性試験はそもそも、滅亡因子との戦いに耐えうるか、また、その意志があるかを問うものでもあるのです。言い換えれば、戦いを望まない者が踏みとどまる最後の機会ということもできるでしょう。普通の定期試験ならばまだしも、適性試験を無断で欠席し、しかもその間どこで何をしていたかの証明もできないとなれば――」

「となれば……？」

「最悪、〈庭園〉からの放逐――つまり、退学処分もあり得ない話ではありません」

『な……っ!?』

黒衣の言葉に、無色と瑠璃は思わず息を詰まらせた。

「ちょ、ちょっと待ってよ黒衣。無色はそのとき魔女様になって滅亡因子を倒してた……つまりは世界を救ってたわけでしょう？」

「はい。ですがそれを証明できない以上、弁明は不可能です。それとも、皆の目の前で存在変換をし、無色さんと彩禍様が融合されていることを詳らかにしますか？」

「うぐ……っ！」

瑠璃が渋面を作る。

確かに公衆の面前で、無色が彩禍に変身してみせれば、この落第は無効になるかもしれない。しかし、〈庭園〉の学園長であり、世界最強の魔術師でもある彩禍が、無色のような新米魔術師と融合してしまっているという事実を公表してしまうのは、それ以上のリスクを孕んでいたのである。

「ど、どうにかならないの、黒衣。無色が退学処分になんてなったら、身体を共有してる魔女様だって困るでしょう？」

瑠璃が縋るように言う。黒衣は意外そうに首を傾げた。

「おや、無色さんを〈庭園〉から追い出すと息巻いていた瑠璃さんからしてみればむしろ好都合なのでは？」

「そ、それは昔の話でしょ！」

「そういえばそうでしたね」

　顔を赤くしながら反論する瑠璃に、さらりとした調子で黒衣が返す。

　黒衣がそれを忘れていたとも思えない。たぶん瑠璃のリアクションが見たかっただけだろう。普段はクールな黒衣であるが、時折そういうところがあった。かわいい。

　気を取り直すようにこほんと咳払いをし、黒衣が続ける。

「とにかく、一度教務課に掛け合ってみましょう。〈庭園〉も、別に無色さんを退学にしたいわけではないはずです。形式上告示せねばならなかっただけでしょう。やむにやまれぬ事情があったと説明すれば、わかってもらえるかと」

「そ、そうよね。万年人手不足だっていうのに、第二顕現まで発現できる魔術師をわざわざ退学処分になんてするわけないわよね」

「ええ。そのような杓子定規なお役所仕事をする職員など、〈庭園〉にいるはずがありません。――参りましょう、無色さん」

「は、はい！」

　無色は汗を滲ませながらうなずくと、黒衣、瑠璃とともに、教務課のある中央管理棟へと向かった。

「あー。駄目ですねー」

中央管理棟一階に位置する教務課の相談窓口で。

眼鏡をかけた女性職員は、億劫そうにそう言ってきた。

〈空隙の庭園〉中央エリアの一角に聳える中央管理棟は、その名の通り〈庭園〉運営に関わるスタッフが常駐する建物である。

一口に運営と言っても、〈庭園〉には学校施設としての顔の他に、魔術師の集まるコミュニティとしての側面、対滅亡因子防衛拠点としての機能もあるため、行わねばならない業務は多岐に亘る。そのため、地上二〇階建ての大きな建物の中に、様々な部署や課の事務所が所狭しと詰め込まれていた。

特に上層階の窓には皆が寝静まった深夜も煌々と明かりが灯っているため、〈庭園〉生からは畏怖と敬意と、いつか燃え尽きてしまうのではないかという懸念を込めて、『たいまつ』と渾名されている。

相談窓口に座ったその女性職員は、まさに燃え尽きたあとの燼灰のような調子で、気怠げに続けてきた。

「適性試験欠席だと落第扱いですねー」

けんもほろろなその返答に、瑠璃がバンと相談窓口のカウンターを叩く。

「ちょっと！　話聞いてました⁉　無色は滅亡因子の討滅に協力していて試験に出られなかっただけなんです！　救済措置があって然るべきじゃないですか！」

「はあ。じゃあ証明書お願いしますー」

「だから、それは諸事情あって用意できてないんですけど……！」

「じゃあ駄目ですねー」

ずり落ちかけた眼鏡の位置を直すこともせぬまま、職員が言ってくる。瑠璃は両手を戦慄かせながら身を乗り出した。

「そもそも！　無色は第二顕現を発現できるんですよ⁉　適性試験なんて受けるまでもないじゃないですか！」

「いやー、でも欠席は不合格扱いになっちゃうんでー」

「そういうことを言ってるんじゃなくて！　第二顕現にまで至れる魔術師がどれだけ貴重だと思ってるんです！　即戦力級の魔術師を、それだけの理由で落第にしてしまうなんておかしいと思わないんですか⁉」

「いやー、でも試験受けてないんでー」

「だぁかぁらぁぁぁぁぁ！」

のらりくらりと返す職員に、瑠璃が苛立たしげな声を上げる。

それを後方で見ていた黒衣が、無色の隣でふうとため息を吐いた。

「話になりませんね」

「……そうみたいですね」

無色は頬に汗を垂らしながら苦笑した。いや、笑いごとでないことは重々承知しているのだが、なんだか前方の二人のやりとりが滑稽に思えて仕方なかったのである。

すると黒衣が、思案を巡らせるようにあごに手を置いたのち、続けてきた。

「仕方ありません。あまり気は進みませんが、次の手を打ちましょう」

「何か方法があるんですか？」

「はい。説明いたします。少し場所を移しましょう」

黒衣はそう言うと、無色を促すように手を掲げてきた。

無色は小さくうなずいたのち、未だ職員とのバトルを繰り広げる瑠璃をその場に残し、黒衣のあとについていった。

「こちらです」

黒衣は無色を先導するように中央管理棟から出ると、建物の裏手に入り込み——

そのまま、無色の背を壁にぐいと押しつけてきた。

突然の行動に驚いた無色だったが、すぐに黒衣の意図を察し、汗を滲ませた。

「ええと、もしかして、次の手って」

無色の言葉に、黒衣はニッと唇の端を上げた。

「──ああ。察しがいいね。そ、う、い、う、ことさ」

そして、それまでの黒衣とは異なる口調で以て、そう言ってくる。

しかし無色は知っていた。これこそが黒衣の──正確に言うのなら、烏丸黒衣という名の身体に宿る人格の、本当の喋り方なのだと。

そう。彼女こそが、久遠崎彩禍。

無色と融合してしまった身体の、本来の主だったのである。

「強権を振るうように見えてしまうのは望ましくないが、今君を落第させてしまうわけにはいかないからね」

「は、はあ。それはそうですけど、その」

無色は思わず頬を赤く染めた。

彼女の考えていることを行うには、『とある工程』が必要だったのである。

「いい加減慣れたまえよ。初めてというわけでもないだろう?」

「待っ――」

　黒衣は、自分の唇を無色の唇に触れさせてきた。


「うわぁぁぁぁぁぁぁぁぁぁぁぁぁぁぁぁぁぁ――っ⁉」

　無色と黒衣が中央管理棟一階の相談窓口に戻ると、それに気づいた瑠璃が悲鳴のような絶叫を上げてきた。周囲にいた生徒や職員たちが、驚いたように目を丸くする。

　とはいえそれも仕方のないことではあった。

　何しろ自分の後方にいた無色が、いつの間にか絶世の美女になっていたというのだから。

　光を浴びてきらきらと輝く陽色の髪に、幻想的な色を映す極彩の双眸。

　その貌を、そしてその名を知らぬ者は、この〈庭園〉には存在しない。

　そう。世界最強の魔術師にして、〈空隙の庭園〉学園長・久遠崎彩禍。

　無色の身体は、黒衣からキスで魔力を流し込まれることにより、彩禍の身体に変貌を遂げていたのである。

「黒衣ぇぇぇっ！　あんたねぇぇぇぇぇっ⁉」

「お静かにお願いします騎士不夜城。周囲の迷惑になりますので」

瑠璃に凄まじい勢いで詰め寄られるも、黒衣は涼しい顔をしながらそう返すのみだった。

ちなみに瑠璃は、無色と彩禍の身体が融合していることこそ知っているものの、黒衣の身体に宿っているのが本物の彩禍であることは知らない。まあ、そうでなければ、彼女にこのような詰め寄り方はしないだろう。

……もしも瑠璃が黒衣の正体を知ってしまったなら、自責と羞恥で爆発してしまうかもしれない。この秘密は絶対にバレないようにしなければと決意を新たにする無色だった。

「落ち着いてくれ、瑠璃。黒衣にも悪気があったわけじゃあないんだ」

「ま、魔女様……」

宥めるように無色が言うと、瑠璃は低く唸りながらも気勢を収めた。

無色は瑠璃の頭をぽんぽんと撫でてから、相談窓口のカウンターに向かった。

「さて、話は瑠璃から聞いているね？　玖珂無色の魔術師適性試験の件だが——」

「アッハイ。通常の場合、試験欠席での落第は、然るべき理由とその証明がない限り覆せないのですが、特例措置として教師三名以上の承認を条件に、追試もしくは代替課題による補習の申請が可能です。こちらの用紙に必要事項の記入をお願いします！」

無色が微笑みながら話しかけると、職員は先ほどまでとは打って変わってシャキッとした姿勢で、申請用紙を差し出してきた。

それを見てか、瑠璃が不満そうに声を上げる。

「ちょっと！　私のときと対応違い過ぎません⁉」

「確かに露骨過ぎはしますが、落ち着いてください。彩禍様は彼女の雇い主ですので」

「ぐむぅ……」

黒衣に言われ、瑠璃は未だ納得がいかないといった顔をしながらも、言葉を呑み込むように腕組みした。

とはいえ黒衣も職員の対応には思うところがあるようで、ぽつりと「——あとで指導を入れておきましょう」と付け加えていた。

どのような『指導』が入るのか気になって仕方がなかったが、今優先すべきことは他にある。無色は申請書に視線を落とした。

無色の名前や学籍番号、申請の理由を記入する欄の下に、それを承認する教師三名の名を記す箇所が見受けられる。無色は「ふむ」と目を細めた。

「わたしは今生徒としても籍を置いているが、ここにサインする資格はあるのかな？」

「もちろんです。あっ、よろしければペンをどうぞ」

職員が媚びるような笑みを浮かべながら、ペンを差し出してくる。

彩禍の力を利用しているようで、気が咎めないかといえば嘘にはなったが、彩禍のことを思えばこそ、間違っても退学処分になどなるわけにはいかない。無色は覚悟を決めてペンを手に取り、書面に彩禍の名前をしたためていった。

ちなみに彩禍の筆跡は既に習得済みだ。正式な鑑定にかけられるならばまだしも、素人目には判別不可能なレベルである。黒衣にも「上手すぎてちょっと引きます」とお墨付きをもらっている。それを言われた日の夜は、ショックと興奮でしばらく寝付けなかった。

「よし——と。これであと二人だね」

無色としては彩禍一人のサインで、三人分どころか三兆人分くらいの価値があると思っているのだが、規則は規則である。承認のためにはあと二人、サインしてくれる教師を探さねばならなかった。

と、無色が頭の中で誰かお願いできる人がいないか考えを巡らせていると、不意に後方から、聞き覚えのある声が響いてきた。

「——あァ？　こんなトコで何やってやがんだテメェら」

「おや、アンヴィエット」

無色は後方を振り向くと、声の主の名を呼んだ。

そこにいたのは、仕立てのいいシャツとスラックスを身につけた長身の男であった。三つ編みに結わえられた髪に、相手を睨み付けるかのような鋭い視線。褐色の肌を、派手な金のアクセサリーが飾っている。

〈庭園〉騎士にして教師、アンヴィエット・スヴァルナーだ。

「あんま教務に迷惑かけんじゃねェぞ。……特に久遠崎、テメェの言葉はテメェが思うより重ェんだから、その辺ちゃんと自覚しとけよ」

「もちろんわかっているよ」

「本当か？」

「ちゃんと自覚した上で無理を通しているのさ」

「なおさらタチ悪ィわ」

無色の言葉に、アンヴィエットがうんざりとした顔をしながら汗を滲ませる。

するとそれに合わせるように、彼の陰から小さな人影がひょっこりと顔を出した。

「こんにちは、皆さん。何かあったんですか？」

〈庭園〉中等部の制服を身に纏った金髪の少女が、穏やかに微笑みながら問うてくる。

年の頃は一〇歳程度に見えるのだが、その落ち着いた物腰や表情は、彼女を大人の女性のように見せていた。

とはいえそれも当然だろう。彼女の名はサラ・スヴァルナー。一〇〇年前に死別したアンヴィエットの愛妻が、訳あって現世に転生した姿だったのである。

「サラさん」

「実はですね――」

黒衣が簡潔に事情を説明すると、サラは理解を示すようにうなずいた。

「……なるほど。もしかして、魔女さんはそのとき……」

「滅亡因子を討滅していらっしゃいました」

「あー……」

全てを察したように、サラが苦笑する。

とはいえそれもそのはず。サラは無色と彩禍が融合していることを知っている、数少ない人物の一人だったのである。

サラは考えを巡らせるように腕組みしたのち、何かを思いついたように目を見開いた。

「その申請って、教師三人の承認があれば受理されるんですよね？」

「はい。彩禍様が既にサインされましたので、あと二名です」

「だって。――アン。承認してあげようよ」

「あァ？」

サラに言われ、アンヴィエットが片眉を歪めた。

「何言ってやがる。詳しい事情も知らずにンなことできっかよ」

「でも、このままじゃ無色くん、落第しちゃうかもしれないんだってよ……？」

「それでもだ。知り合いだからって特別扱いはできねェ。こういうのはちゃんと理由が正当かを精査した上で回答させてもらう」

「でも、人には言えない事情だってあるかもしれないよ……？　もし事情を説明できなかったら、承認は得られないの？」

「……まァ、そういうことになるな」

「じゃあその場合、アンは魔術師適性のない子に負けちゃったってこと……？」

「うぐっ……！」

サラの小さな呟きに、アンヴィエットは苦悶めいたうめき声を上げた。

そう。今からおよそひと月前、無色はアンヴィエットと杖を交える機会があったのだが――その際辛くも勝利を収めていたのである。

無論、彩禍の力を借りていたし、他にも様々な要因が絡み合った結果ではある。しかしあの瞬間、アンヴィエットが負けを認めたのは、紛れもない事実だったのだ。

「あ、あれはだな……いろんな条件が重なった結果というか……あれが実力の全てではないというか……」

「ふーん……いいわけしちゃうんだ」

サラがわざとらしく半眼を作りながら言うと、アンヴィエットは額に血管を浮かばせながら無色の方を睨み付けてきた。

「おうコラ久遠崎ィ……玖珂のヤツぁどこだ……？　正式な決着つけてやんよ……」

「あー……それはだね」

無色がどう答えたものか迷っていると、黒衣がすっと二人の間に割り込んできた。

「それは認められません」

「あァ⁉」

「今無色さんは処分保留中の身ですので。最悪退学となれば、魔術師資格を失効することになります。騎士アンヴィエットともあろうお方が、一般人に喧嘩を売るつもりですか？」

「ぐ――」

黒衣の言葉に、アンヴィエットが渋面を作る。恐らく気づいたのだろう。彼女の意図に。そう。口にこそ出してないものの、黒衣は、申請を承認さえすれば、もう一度無色と戦い、雪辱を果たす機会が得られると匂わせていたのである。

そしてその流れを作ったのは、他ならぬサラであった。

「……ごめんなさい、アン。あなたが規律を重んじる人であることは知っているわ。でも、無色くんたちにも事情があると思うの。お願い。私たちの恩人を助けてあげて……？」

「………………、ちッ──」

アンヴィエットは盛大に舌打ちをすると、のしのしとカウンターの方に歩いていった。

そしてそのまま、そこに置かれていた申請書に荒っぽくサインをした。

「これで文句ねェだろ。あ？」

言いながら、アンヴィエットが凄んでくる。無色はドキドキしながらも平静を装い「ありがとう。助かるよ」と答えた。

するとサラが、嬉しそうにアンヴィエットの手を取った。

「ああ、アン。ありがとう。やっぱりあなたは優しい人ね」

「……うるせェ。別に承認しねェたァ言ってねェ。そもそも試験受けてねェからって、玖珂に魔術師適性がねェなんて言う馬鹿いねェだろ。ちゃんと手続きを踏めってだけだ」

「ふふ、あなたのそういうところ、好きよ」

「あんま外でベタベタすんじゃねェ。ただでさえ変な噂流れてんだからよ」

「ええ？　いいじゃない」

などと、サラが上機嫌そうにアンヴィエットの腕に頰ずりする。

魔術師に外見上の年齢はさほど意味がないとわかってはいるのだが、強面の成人男性と、小さな女の子がイチャついている様子はなかなか危ういものがあった。周囲にいた生徒や職員たちがにわかにざわつき始める。

また噂が広まってしまうことを確信したのだろう。アンヴィエットが憂鬱そうに、しかしサラを振り払うことはできないといった様子でため息を吐きながら、去っていった。

「ふむ……偶然だが、助かってしまったな。これであと一人か」

無色がアンヴィエットたちの背を見送りながら言うと、黒衣が「はい」と首肯した。

「最後の一人は栗枝教諭にお願いしましょう。無色さんの担任でもありますし、何より彼女であれば、彩禍様のお願いを断るようなことはしないでしょう」

黒衣の言葉に、無色はなるほどとうなずいた。

無色のクラスの担任・栗枝巴教諭は、普段は自信に溢れた女豹のような女性教諭なのだが、彩禍の前では借りてきたチワワと化すのである。

確かに今の無色が優しくお願いすれば、「も、もちろんでゲス、へへへ……」と、小悪党のような卑屈な笑みを浮かべながら、震えまくったサインをしてくれることだろう。

「あの」

と、無色がそんなことを考えていると、職員が躊躇いがちに声を上げてきた。

「ん、何かな？」

「栗枝先生でしたら、今日から有給休暇を取っているはずなので、〈庭園〉にはいらっしゃらないかと」

「へ？」

職員の言葉に、無色は思わず目を丸くした。

「……、有休、ですか」

問い返したのは黒衣だった。表情の起伏が薄い彼女にしては珍しく、微かに眉間に皺が寄っている。

「はい。なんでも、南の島にバカンスに行くとか……」

「…………」

黒衣が無言で目を伏せる。

なんだろうか、有給休暇は労働者の正当な権利であるし、別にいつ取ろうと個人の自由なのだが、もうちょっとこう……なんか……と、腑に落ちないような色が感じられた。

「……まあ、いないものは仕方ありません。別の方を当たりましょう」

「別のって言っても、誰にお願いするのよ。そりゃあ魔女様がお願いすれば誰も嫌とは言わないだろうけど、無色と接点の少ない先生じゃあ不自然じゃない？」

「それは――」

と、瑠璃の問いに黒衣が思案を巡らせるような動作をしたところで。

「――ふむ。補習の申請か？　よい。わしが請け負おう」

突然下方から、そんな声が聞こえてきた。

「えっ？」

驚いてそちらを見やると、そこに一人の女性の姿があることがわかった。

小柄な体軀に、幼い顔立ち。インナーウェアのような軽装の上に白衣を纏うという、奇抜な装いをした少女である。

否、少女という表現が、彼女を表すのに相応しいかどうかは難しいところではあった。

確かに見目は年端もいかない女の子なのだが、その実彼女は、〈庭園〉の中でも最古参の魔術師だったのである。

名をエルルカ・フレエラ。彩禍の盟友にして〈騎士団〉の一角。そして〈庭園〉の医療部長を務める女性だ。

「騎士エルルカ。いつの間にそこに」

「何、少し通りかかっただけじゃ」

黒衣の問いに、エルルカは白衣の袖を軽く振りながら答えた。

「それより、掲示板の件じゃろう？　はは、驚いたぞ。適性試験をすっぽかして落第するなぞ、そうあることではないからの」

「……うちの兄がお恥ずかしい限りです……」

「そんな生徒は巴以来かの」

「栗枝先生そんなことやらかしてたんですか⁉」

瑠璃が驚愕の声を上げる。その反応に、エルルカがからからと笑った。

「はは、あの問題児が今では教師というのじゃからわからぬものよ。──で？　ここに名を書けばよいのじゃな？」

「よろしいのですか、騎士エルルカ」

黒衣が言うと、エルルカは不思議そうに首を傾げた。

「ん？　確かに所属は医療部じゃが、一応教員資格は有しておるぞ。問題はあるまい」

「いえ、こちらとしては助かるのですが──」

「その代わり、補習内容はわしに任せてほしい」

黒衣の言葉を遮るように、エルルカが言う。黒衣がぴくりと眉を揺らした。

「一体何をなさるおつもりですか？」

「何、そう構えずともよい。数日ばかり楽しいキャンプに行くだけじゃ」

「キャンプ――」

その単語に、黒衣は何かを察したように目を細めた。

「騎士エルルカ。まさか、あそこに？」

「うむ。ちょうど人手が欲しかったところでな」

エルルカが朗らかな調子で言う。無色は不思議に思って、黒衣に小声で話しかけた。

「――黒衣。あそこっていうのは？」

「…………、いわば、世界の外です」

「世界の――外？」

黒衣の言葉に、無色はキョトンと目を丸くした。

◇

「よし――と」

それから五日後の午前四時三〇分。

身支度を整えた無色は、大きなリュックを背負って男子寮を出た。

一週間分の着替えに、テント。ナイフやライターなどの道具類。各種電子機器に生活必需品。水や食料は用意してくれるという話だったが、一応念のため少しずつ忍ばせてある。

可能な限り持ち物は厳選したつもりだが、それでもかなりの大きさになってしまった。まあ、とはいえそれも仕方あるまい。普通のキャンプでさえそんなに経験がないのに、今回は行き先も何をするかも未だよくわかっていなかったのである。万一のことを考えると荷物が増えてしまうのも無理からぬことではあった。

とはいえ、無色としては落第を免れられるだけでもありがたい話である。あまり文句は言えまい。

ちなみに、今無色が身に纏っているのはアウトドアウェアではなく、着慣れた〈庭園〉の制服だった。見た目はややミスマッチに思えるが、物理的にも魔術的にも強靱な、現代魔術師の法衣である。着ておいて損はないだろう。

「──おはようございます、無色さん」

と、無色が待ち合わせ場所である〈庭園〉の正門前に至ると、そこに控えていた黒衣がぺこりとお辞儀をしてきた。

「おはようございます、黒衣。もしかして見送りに来てくれたんですか？」

「はい。しばらくお会いできないと思いましたので」

「こんな早い時間に、わざわざありがとうございます。嬉しいです……」

「縁起でもないので、今生の別れ感を出さないでください」

無色が感激に目を潤ませながら言うと、黒衣(くろえ)は半眼を作りながら返してきた。

確かにその通りである。無色は目を拭いながら「すみません」と言った。

「ところで黒衣」

「はい」

「瑠璃は何をしてるんでしょう」

言いながら、黒衣の後方に視線を向ける。

そう。瑠璃もまた見送りに来てくれていたようなのだが、なぜかその手に木製のバットを握り、ものすごく腰の入った素振りをしていたのだった。

「──今から中央学舎の窓ガラスを割って回ったら、私も補習になるかしら?」

「補習ではなく停学になるので止(や)めてください」

淡々とした瑠璃の言葉に黒衣が返すと、瑠璃はぴたりとスイングを止めた。

「じゃあ何を割ったらいいの? 教師の頭?」

「それは退学レベルです。というか瑠璃さんは全ての試験に合格していらっしゃいますので、何をしても補習にはなりません。無色さんを一人送り出すのが不安なのはわかりますが、諦めてください」

「…………、そうよね」

瑠璃はため息を吐きながら言うと、興味を失ったようにバットを手放した。カランカランと乾いた音を立て、バットが舗装路を転がっていく。

「おはよう無色。体調はどう？」

「うん、大丈夫」

無色がうなずきながら答えると、瑠璃はうっすらと隈の浮かんだ目を、無色の背負った荷物に向けてきた。

「ところで、随分大きなリュックね」

「ああ、うん。あれもこれも必要に思えちゃって」

「人一人くらいなら入ってしまいそう」

「瑠璃さん」

瑠璃の意図を察したかのように、黒衣が制止の声を上げる。無色はあははと苦笑した。

「——とはいえ、確かに荷物が多過ぎますね。いざというとき身動きが取れないのも望ましくありません。もう少し整理した方がよいのでは？」

「一応いると思ったものだけを詰めたつもりなんですけど……」

「中を見せていただいても？」

黒衣が尋ねてくる。無色は「どうぞ」とリュックを下ろし、中を開いて見せた。

「ふむ……着替えも道具類も、やや数が多いですね。半分くらいに減らしましょう。非常食や飲料水も最低限で大丈夫で――」

と、地面にビニールシートを広げ、荷物を『いるもの』『いらないもの』に仕分けしていた黒衣が、不意に手を止めた。

訝しげにリュックを覗き込んだのち、中からずるり……と巨大な何かを取り出す。

手触りのよい生地で縫製された、可愛らしい人型のぬいぐるみである。適度なディフォルメがなされているものの、口元に湛えた穏やかな笑みと、ラメを使って再現された美しい極彩の双眸は、見る者の心を穏やかにする威厳と慈愛に満ち溢れていた。

「無色さん。これは?」

「あ、二・五分の一スケール彩禍さんぬいぐるみです」

「…………」

無色が笑顔で答えると、黒衣はしばしの間無言になったのち、『いらないもの』の方にぬいぐるみを放り投げた。

「ああっ、なんてことを!」

「何に使うのですか、こんなもの。明らかに必要ありません。というか荷物の半分近くを占めているではないですか。邪魔過ぎます」

天然

黒衣が冷めた調子で言うと、瑠璃がたまらずといった様子で声を上げた。

「こんなものとは何よ！　ちゃんと手触りにまでこだわってるんだから！」

「出所は瑠璃さんですか」

半眼を作りながら言う黒衣に、瑠璃が腕組みしながら頬を赤くした。

「べ、別に深い意味はないわよ。ただ、補習中の寂しさが少しでも紛れればって……」

「ならご自分のぬいぐるみを作った方がよかったのでは？」

「な……っ！　そ、そんな。自分のぬいぐるみを手渡すなんて恥ずかしいっていうか……なんかちょっと重い女みたいじゃない！」

「他人のぬいぐるみを作って渡すのは正常だと思ってます？」

黒衣がため息交じりに返す。

無色は二人が話している隙に、こっそりぬいぐるみをリュックに戻そうとした。

が、あえなく見咎(みとが)められ、再び『いらないもの』に分類される。今度は放り投げる力がちょっと強くなっていた。

「どさくさに紛れて荷物に詰めようとしないでください」

「ああ……っ、そんな。せめて、せめて小型のものだけでも」

「いきなりサイズは変わらないでしょう。諦めてください」

「ふっ、仕方ないわね無色。この手のひら魔女様を持っていきなさい」

「なんであるのですか」

「──何をしておるのじゃ、朝っぱらから」

などと、無色たちがそんな会話をしていると、不意に呆れたような声がかけられた。

見やると、いつの間にか後方に一台の車が停車していることがわかる。そしてその窓から、エルルカが半眼を作りながらこちらを見つめていた。

「あ、エルルカさん。おはようございます」

「出発するぞ。準備せい」

言って、エルルカが無色を車の中に促してくる。

するとそれに合わせるように黒衣が、随分コンパクトになったリュックを無色に背負わせてきた。ちなみに当然、巨大彩禍ぬいぐるみは入っていない。『いらないもの』のシートの上で、寂しげな眼差しをしていた。

「では行ってらっしゃいませ、無色さん」

「は……はい。うう……名残惜しいです……」

「ぬいぐるみが荷物から消えただけでそんなに不安そうにならないでください」

黒衣がやれやれといった調子で言いながら、肩を軽く叩いてくる。

「——彩禍様と、世界を救うのでしょう？　ならばこんなところで躓かれていては困ります。頑張ってきてください」

「…………！」

囁くような黒衣の言葉に、無色は背筋を正した。

確かに、その通りだ。不安がないと言えば嘘になるし、何日も黒衣や瑠璃に会えないというのも寂しい。けれど無色の目指している道は、そんなものよりも遥かに険しいものであるはずだった。ならば足踏みなどしてはいられまい。

「……そうですね」

無色は覚悟を決めるように頰を張ると、黒衣と瑠璃の方に向き直った。

「——じゃあ二人とも。いってきます」

そして短く挨拶を済ませ、車の方に足を向ける。

が、無色はすぐに足を止めた。黒衣が制服の裾を摘まんできたのである。

「黒衣？　どうかしたんですか？」

無色が問うと、黒衣は無色ではなくエルルカの方に視線を向けた。

「騎士エルルカ。最後に少しだけ、無色さんとお話しする時間をいただけますか？」

「うん？　まあ構わぬが、あまり時間を取るでないぞ？」

「――すぐに済みます。無事に補習を済ませてくる、おまじないのようなものですので」

「……？」

無色は首を傾げながら、黒衣に手を引かれるようにして、その場から歩いていった。

◇

朧気な蝋燭の火が、家主と来訪者の影を壁に揺らしていた。

とはいえ、わざわざ手のかかる燭台などを使っていることに、特に意味はない。ここは古びた洋館でもなければ薄暗い洞穴でもなく、普通のマンションの一室である。天井にはLEDライトが備えつけられており、指一本で部屋を煌々と照らしてくれるはずだった。燭台に特別な謂れがあるわけでもなく、数日前ネット通販で注文したものに過ぎない。有り体に言ってしまえば、ただの雰囲気作りだ。

しかしこのロケーションを整えた者は、ものすごく形から入るタイプだった。

「やー、わざわざゴソクローいただきありがとうございます。ホントはアタシ様から伺うのがスジだとは思うんすけど、ほら、こう見えて有名人なんで？　全国の魔術師サンたちから追っかけられちゃってて。モテる女はつらいっすね」

緊迫した雰囲気に反して軽い声で言ったのは、ソファに腰掛けた少女だった。

ピンクと水色という派手な色にカラーリングされた髪に、犬歯の目立つ口元。指には指輪が、耳には無数のピアスやイヤーカフがじゃらじゃらと群れを成している。街ですれ違ったならば思わず二度見してしまいそうな容貌ではあった。

名を、鴇嶋喰良。

元〈影の楼閣〉所属の魔術師にして、滅亡因子〈ウロボロス〉の融合体である。

「構わん」

向かいに腰掛けた影が、短く答える。

揺らめく炎のためその貌はよく見取れなかったが、その声の調子から、生真面目そうな――ともすれば融通の利かなそうな――気性であることはなんとなく知れた。

「私の興味は貴様の持つという情報のみだ。それが得られるのならば場所に頓着はない」

「そいつは結構。ところでゴソクローって、カタカナで書くとなんかモンスターっぽくないですか？　こう、キッズ向けのゲームとかに出てきそうな感じ。わかります？」

「知らん」

冗談めかした喰良の言葉に、来訪者がまたも簡潔に答える。

苛立たしげな様子すら感じ取れない。言葉の通り、ただひたすらに、目的以外のことに興味がないといった調子だった。

「ヒュウ。クールっすねぇ」

息を吐きながら、喰良は肩をすくめた。もしかしたら表情につまらなそうな色が出てしまっていたかもしれないが、この薄暗さならば気づかれはすまい。ただの雰囲気作りのつもりが、図らずも意味合いが生まれてしまった。もし誰かから燭台の必要性を問われたなら、そう答えようと心に決める喰良だった。

「前置きはいい。用件は一つだ。――奴は今、どこにいる」

来訪者が静かに問うてくる。

しかしその平坦な語調に反して、その声音には、確かな憎悪の色が感じられた。

それを聞いて、喰良はニッと唇を歪めた。

「ふうん……なんだ、ちゃんとそういうのできるんじゃないっすか。安心しました」

「無駄話はやめろ」

喰良の言葉に、来訪者がさらに視線を鋭くする。

喰良はあははと笑いながらヒラヒラと手を振った。

「きゃうん。そう睨まないでください。アタシ様、か弱いか弱いウサギちゃんなので。食べられちゃいそうで怖いっす」

冗談めかすように言いながら、一枚の封筒をテーブルの上に置く。

「――この中に、あなたの求める情報が書いてあります。読んだらすぐに処分してください。中の紙だけじゃなく、封筒も」

「…………」

念を押すように言うも、来訪者は一言も発さぬまま、封筒に視線を落とすのみだった。

「え、なんで返事してくれないんすか？　怖いんすけど」

「なぜ」

「ほほん？」

「なぜ、私に情報を渡す。貴様の目的はなんだ」

来訪者が淡々と問うてくる。喰良はふっと息を吐いた。

「あー、それ気になっちゃう感じっすか？　んまあそうっすよねぇ。上手い話にゃうらうらってね」

にしし、と笑いながら、言葉を続ける。

「まあ、怪しさに定評のあるアタシ様ですから？　べっつに今さら清純ぶろうとは思っちゃいません。悪巧みしてるかしてないかっていったら、まあバリバリしてるんで。ま、なんていうんですかね。あなたが思うさま暴れてくれれば、それがアタシ様にも好都合に働くってなトコっす。――で、どうします？　別に無理にとは言わないっすよ」

「…………」

来訪者はしばしの間思案を巡らせるように腕組みしていたが、やがて覚悟を決めるように顔を上げた。

「――いいだろう。私の目的さえ達せられるのならば、他は些事だ。せいぜい踊ってやる。踏み潰されないよう注意するんだな」

そう答えると、封筒を手に取り、すっくと立ち上がる。喰良は慌てて声を上げた。

「ああ、ちょっと待ってください。話は最後まで聞いてほしいっす」

喰良はソファの裏に手を伸ばすと、装飾の施された小箱を取り出した。

「これを一緒に持っていってください。きっとお役に立つはずっす」

「要らん」

「まあ、そう仰らずに。――それとも、正面から戦って、本当に勝てるとでも思ってるんすか？　ま、玉砕が趣味だっていうんなら止めはしませんけど」

「…………」

喰良が挑発するように目を細めながら言うと、来訪者は一瞬の逡巡ののち、「ふん」と短く声を漏らしてその小箱を手に取り、去っていった。

数瞬あとには、気配も、痕跡も、そこには一切残っていなかった。まるで、最初から誰もいなかったかのように。

喰良は空になった椅子を見ながら、ふっ、と息を吹きかけ、蝋燭に灯った火を消した。

すると、まるでそれに合わせるかのように、天井の明かりが点灯する。

無論、本当に蝋燭がスイッチになっていたわけではない。喰良は部屋の端にいる女性の方に視線を向けた。

「ああ、どもども、きりたん。お待たせしました。もういいっすよ」

「……あんまり私の部屋を、怪しい取引の場に使わないでほしいんですけどねぇ……」

喰良の言葉に、この部屋の真の家主である新井戸霧子が、不満そうに唇を尖らせた。

分厚い眼鏡が特徴的な、二〇代中頃の女性である。桜条市内に住むイラストレーターにして、喰良が潜伏のために眷族とした『不死者』だ。

「にゃっはっは、すいません。ここが一番都合よかったもんで」

「……潜伏場所に部外者を入れてよかったんですか？」

霧子が不安げに問うてくる。喰良の身を案じているのかもしれなかったし、不安を煽ることで、今後自分の部屋を使わせないようにしようとしているのかもしれなかった。まあ、多分両方だろう。

「一応、ここまでの案内はお仲間にしてもらってますし、簡単な魔術も施してあります。

この部屋から出た瞬間、自分が今までどこにいたかわからなくなってるハズっすよ」

「……もしバレちゃったら？」

霧子が首を傾げてくる。喰良は満面の笑みを作りながら返した。

「今度は３ＬＤＫくらい欲しいっすね。できれば角部屋で」

「引っ越し前提で話進めないでくれます⁉」

喰良の言葉に、霧子がたまらずといった調子で声を上げてきた。その顔が妙に可笑しかったものだから、喰良はまたも笑ってしまった。

霧子が諦めたようにはあと息を吐き、「それと」と言葉を続けてくる。

「さっきから気になってたんですけど、その格好、なんですか？」

「ん？　ああ、これっすか？」

言いながら、喰良は自分の装いに視線を落とした。今喰良は、エナメルのレオタードにウサ耳カチューシャという、黒のバニーガールルックに身を包んでいたのである。

「今日の撮影に使おうと思って。結構似合ってません？」

「はあ、まあ。顔はいいので似合ってはいますけど……」

「ですよねー。よかった。さっきのお客さん、何もリアクションくれなかったからイマイチなのかと思っちゃいました」

喰良はニッと微笑むと、悪魔の羽形カバーを着けたスマートフォンを弄り始めた。

「ささて、んじゃそろそろ撮影始めますかね。動画が完成したらまた不死者のアカウント拝借して……っと」

と、そこで、霧子がぱちくりと目を瞬かせた。

「あれ？　MagiTubeアカウント復活したんじゃありませんでしたっけ？」

「あー、そうそう。聞いてくださいよー」

霧子の言葉に、喰良はくしゃっと顔をしかめた。

MagiTubeとは、魔術師専用動画共有サイトの名だ。〈ウロボロス〉として人類に宣戦布告をしてから、喰良のアカウントは凍結されていたのだが……今からおよそひと月前、とある情報と引き換えにアカウントを復活させるという取引を、〈庭園〉と交わしていたのである。

だが――

「確かに一回復活はしたんですけど、動画一本上げたと思ったらまたすぐ凍結されちゃったんすよ。ヒドいと思いません？　凍結解除するよ、はいまた凍結ー、一回は解除したんだから嘘はついてませーんとか、小学生かってーの」

「あら……まあ向こうとしては喰良さんにアカウント保持させておきたくないんでしょ

うけど……いわば司法取引みたいなものじゃないですか。よくそこまであからさまにやってきますね」

「ねー。ホントっすよ。嫌んなっちゃう」

喰良がため息交じりに言うと、霧子が「ちなみに」と問うてきた。

「凍結解除後に上げた動画って、どんなのだったんですか?」

「『祝☆凍結解除記念、クララVSウナギ一〇〇匹ヌルヌルレスリング、ポロリもあるかも???』」

「………それって、普通にセンシティブ動画として凍結されただけじゃ……」

「え? 何か言いました?」

「……いえ、何も……」

霧子が歯切れ悪く言ってくる。喰良は不思議そうに首を傾げた。

◇

──〈庭園〉を発ってから、どれくらい時間が経っただろうか。

「…………」

無色は身体の震えを抑えるように、ぎゅっと肩を抱いていた。

とはいえ、その震えは緊張や恐怖によるものではない。無論そういった心理的要因が絶無であるとは言えなかったが、それよりも遥かに大きな外的要因が、無色の身体を小刻みに揺さぶっていたのである。

無色は無言で、今自分がいる空間を眺め回した。

駆動音とともに震動する、巨大な機械の内装を。

そう。今無色が座っているのは、乗用車の車内ではなく、輸送ヘリの格納スペースだったのである。

てっきり車で目的地まで行くと思っていたのだが、途中で飛行場のような施設に降ろされ、この謎の輸送ヘリに搭乗させられていたのだ。

本来ならば物資や人員などを満載しているであろう空間に、無色とエルルカが並んでちょこんと腰掛けている。エルルカは慣れた様子で文庫本に目を落としていたが、無色は先ほどから落ち着かなくてしょうがなかった。

「ええと……エルルカさん。俺たち、一体どこへ向かってるんでしょうか」

不安に駆られて無色が問うと、エルルカが本から視線を上げてきた。

「ん？　補習会場と言ったじゃろう」

「それはもちろんそうなんですけど……具体的にどの辺りとか、どういった場所かとか」

「悪いが秘匿扱いなので具体的な所在地は教えられん。どういった場所かは――まあ、百聞は一見に如かずじゃ。すぐにわかるじゃろう」

エルルカが、ひらひらと手を振りながらそう言ってくる。

秘せねばならないことがあるとか、勿体付けているというよりも、単に言葉で説明するのを面倒くさがっているような様子だった。

「ところで、先ほどから気になっておったのじゃが、それはなんじゃ？」

と、そう言いながらエルルカが無色のリュックに視線を向けてくる。

とはいえ、別に荷物そのもののことを言っているのではあるまい。無色はすぐに質問の意図を察して、満面の笑みを作った。

「手のひら彩禍さんです。瑠璃が作ってくれました」

そう。無色のリュックの側面には今、ストラップで小型のぬいぐるみが括り付けられていたのである。

「ふむ……人形の類いか。よくできておるの」

「はい。よければ触ってみますか？」

「いや、それは別にいい」

と、エルルカがにべもなく断ってきたところで、機内に設えられたスピーカーから音声が響いてきた。

『──エルルカ様。目標上空に到着しました』

「おお、着いたか。では早速頼むぞ」

『了解』

次の瞬間、無色は視界がにわかに明るくなるのを感じた。

一瞬照明が点いたのかとも思ったが、違う。同時に激しい風が吹き込んでくるのを感じて、無色は輸送ヘリのハッチが展開されたことに気づいた。

「うおお……っ」

眼下には、目も眩むような光景が広がっていた。陽光を浴びてきらきらと輝く一面の海。そしてその直中に、三日月のような形をした島が見受けられる。あまりに美しすぎて、まるで映画のワンシーンのように現実感のない景色ではあった。

しかし、現実に戻るのは一瞬だった。ぽかんと口を開けながらその風景に見入っていた無色の肩を、エルルカがポンと叩いてきたのである。

「時間が惜しい。行くぞ」

「行くって、どこに──」

無色の言葉は、途中までしか発されなかった。

否、もっと正確に言うのなら、後半は絶叫と化してしまったため、言葉とは認識できなかった。

とはいえそれも仕方あるまい。何しろ無色は、突然後方から尻を蹴られたかと思うと、大きく口を開けたヘリのハッチから、空にダイブしてしまったのだから。

「――うわああ――――っ!?」

全身を包む浮遊感の中、喉だけが元気よく悲鳴を上げる。

不安定な姿勢で空に飛び出したからか、落下軌道も滅茶苦茶だった。ぐるぐると回転する身体に合わせて脳がシェイクされ、意識が飛びそうになってしまう。

「…………！」

が、数ヶ月間積んだ戦闘訓練が、命への執着が、辛うじて無色に冷静さを取り戻させた。手足を突っ張るようにして、どうにか姿勢を安定させる。

とはいえ、高所から落下している事実ばかりはどうしようもなかった。何の前触れもなく落とされたので、パラシュートなども着けていない。このままでは海面か地面かの違いはあれど、超スピードで激突してしまうだろう。

「何を踊っておるのじゃ」

と、無色が空中でジタバタしていると、不意にそんな声が聞こえてきた。

見やると、エルルカが半眼を作りながらこちらの顔を見ていることがわかる。

その平然とした様子に、一瞬脳が混乱しかけた。何しろエルルカは、頭を下にした状態で、真っ逆さまに落下していたのである。

「え――、エルルカさん……！　これ――着地は……！」

呼吸も苦しくなるような凄まじい風圧の中、なんとか声を発する。

するとエルルカは、別段慌てた様子もなく言葉を続けてきた。

「案ずるな。どれ――」

言って、エルルカが印を組むように両手を合わせる。何らかの魔術を用いているのか、風による轟音の中でも、その声ははっきりと無色の耳に届いた。

「第二顕現――【虚梟】」

エルルカの両手に赤く輝く紋様が現れる。――界紋。魔術師が顕現術式を発動させる際現れる光の紋である。

次の瞬間、エルルカの呼び声に応えるかのように、虚空に光が溢れ、やがて身体に不思議な紋様を持つ梟の形に結実していった。

大きな梟は、エルルカの身体と、無色の背負った大きなリュックを足でむんずと摑むと、そのまま羽を広げ、大きく羽ばたいた。

「ぐふ……っ⁉」

突然の衝撃に思わず息を漏らす。頭がガクンと揺さぶられ、一瞬意識が朦朧とした。

とはいえ、命拾いしたことだけは確からしい。淡く輝く梟は、大きな翼を広げながら、ゆっくりと地上へ滑空していった。

ほどなくして、陸地へと辿り着く。無色は地面に足を落ち着けると、その感触を愛おしむように踏みしめた。

「ありがとうございます、エルルカさん。助かりました……」

そして、小さく頭を下げながら、微かに震える声でそう言う。

まあ元はと言えば無色をヘリから突き落としたのもエルルカではあるのだが、そこはそれ、一応礼は言っておいた方がよいと判断したのである。

「ふ、礼ならばわしではなくこやつに言うがよい」

言いながら、いつの間にか正位置に戻っていたエルルカがあごをしゃくる。

その腕には、今し方無色たちを連れて地上に降り立った、巨大な梟の姿があった。

「あ、ありがとう」

無色が言うと、梟は返答をするように鳴いたのち、空気に溶け消えていった。

その様子を見ながら、無色は思い出したように問うた。

「あれ？ そういえばエルルカさんの第二顕現って、確か狼型だったはずじゃ……」

「それもあるぞ。別に顕現体は一人一種と決まっておるわけでもない」

「そうなんですか？」

「うむ。まあ普通は、一つの力を極めた方がよいとは思うがの。顕現術式は己を構成式とした魔術。もしかしたら、わしの場合は移り気な気性のせいやもしれぬ」

冗談めかすようにそう言って、エルルカが笑う。

が、無色は愛想笑いを浮かべる気にはなれなかった。自嘲めいた言い方をしてはいるものの、異なる力を持つ第二顕現を二種――あるいはもっと多く――顕現することの困難さは、無色にもなんとなくではあるが理解できたのである。

と――

「ん？」

そこで何かに気づいたように、エルルカが無色の方を見てきた。

「そういえば、鞄の横に付いておった彩禍の人形はどこへいったのじゃ？」

「えっ？ あ……あぁっ!?」

言われて、無色は目を見開いた。リュックの横で無色を優しく見守ってくれていた手のひら彩禍が、いつの間にか姿を消してしまっていたのである。

慌てて辺りの地面を見回すも、それらしき姿はない。どうやら空からダイブした拍子にどこか別のところへ落ちてしまったようだ。

「むう……どこかへ落ちてしまったか。悪いことをしたの」

しょんぼりと肩を落とした無色を見てか、エルルカがすまなそうに言ってくる。無色は「いえ……」とか細い声を発した。

「リュックの外側に付けていた俺もよくありませんでした……大切なものなので、あとで探してもいいですか……?」

「ん。自由時間はどう使おうと構わぬ。ともあれ、まずは拠点へ向かうぞ」

「拠点──ですか」

言われて顔を上げ──無色はポカンと口を開いた。

だがそれも当然だ。何しろ無色たちの周りには、不可思議な色や形をした夥しい数の樹木が、鬱蒼と生い茂っていたのである。

かつて舗装路を形作っていたであろうまばらな敷石や、崩れ果てた煉瓦の塀など、文明の痕跡も僅かながら見受けられるものの、時折周囲から響く奇妙な鳴き声や遠雷のような咆哮が、今この地を支配するのが人間ではないことを示していた。

「そもそもここ……なんなんですか？」

無色は額に汗を滲ませながら問うた。具体性のない質問であることは自覚していたが、他になんと聞いたらいいかわからなかったのである。

しかしエルルカは、その問いが発せられることを想定していたかのように首肯した。

「――丹礼島、と呼ばれておる。国内の魔術師養成機関が共同管理する特別区域じゃ」

「特別区域、ですか」

「左様。ここはかつて、とある滅亡因子を討滅した場所なのじゃが、その際可逆討滅期間を過ぎていたため、その影響が周囲に残ったままになってしもうての。一帯が異界化してしまったのじゃ」

「異界化……？」

奇妙な表現に無色が聞き返すと、エルルカは肩をすくめながら続けてきた。

「別に異世界とそっくり入れ替わってしまったというわけではない。世界のシステムから外れてしまった――と言った方が近いかの。他の場所では当然のことが、この島では『そう』ならぬ、ということじゃ」

「つまり、どういうことです……？」

「詳しい説明は拠点に着いてからするが、ものすごく簡単に言うと、ここでしか手に入らぬ魔導薬用の素材や触媒がわんさとある、ということじゃ」

エルルカの言葉に、無色はようやく得心がいったように首肯した。――いや、未だにわからないことだらけではあるのだが、無色がここに連れてこられた理由だけは、なんとなく理解できた気がしたのである。

「もしかして、俺の補習の内容って」

「うむ。ここで素材収集をしてもらう」

エルルカが腕組みしながら言う。

予想通りの返答に、無色はほうと安堵の息を吐いた。こんな場所に連れてこられて一体何をさせられるのかとドキドキしていたが、思ったより常識的な内容だったようだ。

するとそんな無色の様子を見てか、エルルカが目を丸くした。

「ほう、なかなか余裕じゃの。自信ありか？」

「いえ、そういうわけじゃありませんけど……今の今まで何をさせられるのかわかってませんでしたから」

「はは、そうじゃったかの」

エルルカは気安い調子で笑ったのち、続けた。

「滞在は一週間の予定じゃ。参加者はぬしを含めて五名となっておるな」

「俺以外にも補習者がいるんですか？　掲示板には俺の名前しかなかったような……」

「言ったじゃろう。ここは魔術師養成機関が共同管理しておる、とな」

「ああ──」

　無色は納得を示すようにうなずいた。

　日本国内には、無色の所属する〈空隙の庭園〉の他に四つの魔術師養成機関があるという話だった。

　確か、〈影の楼閣〉、〈虚の方舟〉、〈灰燼の霊峰〉、〈黄昏の街衢〉。

　無色が直接訪れたことがあるのは、〈庭園〉を除けば〈方舟〉のみだったが、それぞれの学園長とは、彩禍の身体で会議をしたことがあった。

「なるほど、各学園の補習者が集められてるってことですか」

「有り体に言うとそういうことじゃ。まあ一口に補習者といっても、理由はそれぞれ違うようじゃがな」

「そうなんですか？」

「適性試験に落ちたのはぬしくらいじゃ」

「……あ、はい」

　半眼で言われ、無色は肩を窄ませながら答えた。

「ええと……素材の収集って、具体的にどんなものですかね？」

「まあいろいろじゃ。ここは魔術師にとっては垂涎の狩り場じゃからの。自生しておる植物から、辺りに埋まっておる鉱石まで、他の場所では手に入らぬものが隠れておる。あとは、そうじゃな――」

言いかけて、エルルカが何かに気づいたように顔を上げた。

その瞬間、周囲がふっと暗くなる。

もしかしたら急に雨雲でも出てきたのかもしれない。そう思って無色はエルルカの視線を追うように顔を上方に向け――

「…………へ？」

そこにあったものを見て、間の抜けた声を発した。

とはいえそれも仕方あるまい。突然そんなものを目撃したならば、無色でなくとも似たような反応を取ってしまうに違いなかった。

――こちらを見つめながら鼻息を荒くする、巨大な怪獣などを目にしたならば。

怪獣。そう。そこにいた生物を一言で表すのならば、それ以上に適当な表現はないように思われた。二階建ての家屋ほどはあろうかという巨体に、大木のような四本の足。大型爬虫類のようなシルエットをしているものの、体表は鱗ではなく岩のような質感の皮膚で覆われていた。

「そう、こういうやつらじゃの」

呆気に取られる無色をよそに、エルルカが平然とした調子で続ける。

「こやつは〈リンドヴルム〉。角も皮膚も貴重な素材じゃ。胆石を持っている個体ならさらによい。できるだけ傷を付けずに倒したいところじゃな」

エルルカが言うと、まるでそれに応えるように〈リンドヴルム〉が咆哮を上げた。

「ぎゃああああああああああああああ――――っ!?」

〈リンドヴルム〉が地面を蹴り、土煙を上げながら猛進してくる。無色は喉が潰れんばかりの絶叫を上げ、その場から走り出した。

「何をしておる。倒さねば素材は手に入らぬぞ」

隣から、そんなエルルカの声が聞こえてくる。

全力疾走している無色についてきながら、まったく息が乱れていなかったが、それも道理。彼女はいつの間にか、白い毛並みと赤い紋様が特徴的な狼に跨がっていた。――エルルカの第二顕現、【群狼】だ。

「そん……なこと、言われても……っ!」

エルルカとは異なり自らの足で走る無色は、過重労働を課された心肺をさらに酷使しながら、辿々しく声を漏らした。

「ていうか……あれ、滅亡因子ですか……⁉　なんで……こんな――突然……！」

「ん？　ああ、そうじゃの。条件さえ揃えばそう呼ばれることもあろうよ。まあその場合、等級は災害級中位といったところかの」

「…………⁉」

　平然と言ってくるエルルカに、無色は目を白黒させた。

　と、そのときである。

「第二顕現――【隕鉄一文字】！」

「――【烈煌刃】」

　左右の茂みから、裂帛の気合いとともに、二つの人影が飛び出してきた。

〈リンドヴルム〉の首を上下から挟み込むように、二つの光が弧を描く。

　上方から迫るは、鈍く輝く鋼の刀。

　そして下方から斬り上げられたのは、青い炎によって形作られた、無形の刃であった。

　二つの刃に同時に斬り付けられ、〈リンドヴルム〉の首が両断される。

〈リンドヴルム〉は咆哮を上げる間もなく、その巨体を大きく揺らし、そのまま地面に倒れ込んだ。

「い、今のは……」

〈リンドヴルム〉の返り血を浴びながら無色が呆然としていると、今し方〈リンドヴルム〉を葬った二つの人影が、ゆっくりと歩み寄ってきた。

「この程度の滅亡因子相手に逃げ回っているようでは、先が思いやられますね」

そう言ってやれやれと息を吐いたのは、ふわふわの猫っ毛を一つに括った、小柄な少女であった。年の頃は一三、四といったところだろう。意志の強そうな眉が特徴的だった。

その身に纏っているのは、赤を基調とした〈影の楼閣〉中等部の制服。右腕に二画の界紋が生じ、手には刀剣型の第二顕現が握られている。

「君は——」

その姿を見て、無色は思わず目を見開いた。彼女の顔に、見覚えがあったのである。

紫苑寺竜胆。〈影の楼閣〉学園長・紫苑寺暁星の、直系の玄孫に当たる少女だ。

だが無色は、すんでのところで口を噤んだ。

彼女と顔を合わせたのは、先の喰良事件のあとに行われた、学園長たちの臨時会議である。無色はそこに、彩禍の姿で出席していた。今の無色が竜胆の名を知っているのは不自然だったのだ。

が、そんな無色の様子を不審に思ったのか、竜胆は微かに眉根を寄せてきた。

「何か？」

「い、いや、なんでも。助けてくれてありがとう」

誤魔化すように無色が言うと、竜胆は不思議そうな顔をしながらも、それ以上は追及してこなかった。

するとそれと入れ替わりになるように、もう一方の人影が、恭しく礼をしてくる。

「お怪我はありませんか、無色様」

「あ……！」

その姿に、無色は再度驚愕を露わにした。

〈虚の方舟〉の制服たる白のセーラー服の上に、羽織を纏った少女である。狐を模したような面で顔を覆い隠していたため表情は見取れなかったが、声の調子から無色の身を案じていることは窺い知れた。

「浅葱さんじゃないですか！」

「浅葱で構いません。ご記憶の隅に置いていただき光栄です」

無色が名を呼ぶと、浅葱はもう一度丁寧に礼をした。

そのあまりに丁重な様に、思わず苦笑してしまう。

「そんなに畏まらなくても。俺も、無色でいいですよ」

「いえ、瑠璃様の兄君にそのような」

「や、様なんて言われるとむず痒いので……」

「そうですか。……では、坊ちゃまで」

「……そ、それもちょっと」

むず痒さが倍増した。頬に汗を滲ませながらやんわりと断る。

「にしても、二人ともどうしてこんなところに……」

言いかけて、無色は先ほどのエルルカの言葉を思い出した。

そう。確かエルルカは言っていた。この島には、無色と同じように補習を受ける生徒が四名いると。

「もしかして、二人も落第しちゃったんですか？」

「ち、違います！　あなたと一緒にしないでください！」

何の気なしに無色が問うと、竜胆が顔を真っ赤にしながら否定してきた。

「…………」

浅葱の方は仮面を被っているため表情こそ見取れなかったが、なんだか気まずそうに顔を逸らしているように見えた。

まあ、各々事情があるのだろう。無色は気圧されるように「ご、ごめん……」と詫びた。

と、そんな無色たちの会話に、エルルカがやれやれと肩をすくめる。

「理由はどうあれ、ここにいる時点で補習者には変わらんじゃろう」

「むぐ……」

「……仰(おっしゃ)るとおりです」

その言葉に、竜胆が悔しげに、浅葱が静かに返す。無色は慌てるように首を振った。

「いやでも、本当に助かりましたよ。二人ともすごいです。こんな大きな――」

と。

死骸を見ながら言いかけたところで、無色は言葉を止めた。

嗚呼(ああ)、そうだ。先ほどから頭に引っかかっていたことが、ようやく自覚できたのである。

目の前には、先ほどまで無色を追いかけていた〈リンドヴルム〉の死骸が横たわっている。地面には夥(おびただ)しい量の血が流れ、辺りを真っ赤に染めていた。

生物が死んだのだから、それは当然の光景であるはずだった。しかし無色は、その様子に違和感を覚えずにはいられなかったのである。

「死骸が……残ってる？」

そう。通常であれば、魔術師によって討ち果たされた滅亡因子は、その痕跡ごと世界から消滅する。

しかし、今し方討滅されたはずの〈リンドヴルム〉は、その死骸を野に晒したままだったのである。

無色の疑問を察してか、エルルカが大仰にうなずいた。

「世界のシステムによって滅亡因子に認定されたモノは、死と同時にその存在が『なかったこと』になる。

だが、言ったじゃろう。――ここは、世界の理から外れた場所。世界のシステムが適用されぬ地。通常、滅亡因子とされるモノが息づき、死してなおその存在は消去されぬ」

つまり、とエルルカは続けた。

「魔術的価値のある貴重な素材が、消滅せずに採り放題ということじゃ。一週間、せいぜい働いてもらうぞ」

「…………！」

思わず、目を見開く。それはそうだ。まさかこんな場所があろうとは思ってもみなかったのである。

しかし無色の驚きをよそに、竜胆と浅葱は自信ありげにうなずいた。

「問題ありません。この程度の敵であれば」

「ええ。お任せください」

「ほう、それは頼もしいの」

二人の言葉に、エルルカはニッと笑い、続けた。

「――では早速、頑張ってもらおうか」

『え？』

竜胆と浅葱、二人の声が重なる。

そこでようやく、無色も気づいた。――無色たちの後方に、無数の敵意が渦巻いていることに。

そう。今し方竜胆と浅葱が倒した〈リンドヴルム〉が、何十体もの群れを成して、無色たちを睨み付けていたのである。

「あ――」

呆然とした竜胆の声を掻き消すように。

地鳴りのような咆哮を上げ、〈リンドヴルム〉の群れが一斉に襲いかかってきた。

『――うわああああああああああああああっ⁉』

竜胆と浅葱、ついでに無色は、泡を食ってその場から逃げ出した。

「こら、何を逃げておる。大口を叩いたばかりではないか」

【群狼】の背に跨がったエルルカが、無色たちと併走しながら不満そうに言ってくる。

「そう……言われましても……っ！」

「さすがに――数が多すぎます……！」

「仕方ないのう。どれ――」

エルルカはやれやれといった調子で言うと、【群狼(ホロケウ)】の背からひょいと飛び降りた。

そしてそのまま、迫り来る巨獣の群れの前に立つ。

「……！　エルルカさん！」

如何(いか)にエルルカといえど、あのような巨獣の波に呑(の)まれてはひとたまりもあるまい。無色は慌てて足を止め、エルルカの方に手を伸ばそうとした。

だが。

「――散れ」

エルルカが鋭い眼光を放ちながらそう言った瞬間。

凄(すさ)まじい勢いで迫っていた、何十体もの〈リンドヴルム〉が、怯(おび)えるように急ブレーキをかけ、そのまま散り散りになって森へ逃げていった。

しばしの間、木々を薙(な)ぎ倒す轟音(ごうおん)や、悲鳴じみた咆哮が響いていたが、やがてそれも聞こえなくなる。

静寂の中佇(たたず)むエルルカの背中に、竜胆と浅葱が感嘆と戦慄がない交ぜになったような声を上げた。

「す、すごい。魔術も使わず、威嚇だけで……」

「──これが〈庭園〉騎士、エルルカ・フレエラ……」

「ふむ……」

しかし当のエルルカは、自らの力を誇るでも、無色たちに不満を漏らすでもなく、不思議そうに空を見上げるのみだった。

「〈リンドヴルム〉があれほどの群れを成すとは、珍しいの。──森に何ぞ、脅威になるものでも現れたか……？」

瞬間、エルルカの言葉に応えるように強い風が吹き、辺りの木々をざわざわと揺らした。

第二章　渦巻く思惑と水霊

「――さて、全員揃（そろ）ったかの」

周囲に集まった面々を見回すようにしながら、エルルカが言った。

「此度（こたび）の補習の監督役を務める、〈空隙（くうげき）の庭園（ていえん）〉のエルルカ・フレエラじゃ。よろしく頼むぞ問題児衆」

そして冗談めかすようにそう言って、手をヒラヒラと振る。

問題児、という呼称に抵抗を覚える者も一部いたようだったが、まあ間違ってはいない。無色（むしき）は素直に首肯をするにとどめた。

今無色たちがいるのは、エルルカが『拠点』と呼ぶ場所だった。島の南側に位置する広場である。たびたび魔術師たちがここを訪れているのだろう。広場の端には、共用のトイレや簡易的なシャワールーム、石造りの炊事場などが見受けられた。周囲の環境さえ知らなければ、ちょっとしたキャンプ場といった風情（ふぜい）である。

そしてその中央にエルルカが立ち――

彼女を囲うようにして、無色を含めて五名の生徒たちが立っていた。

「顔見知りもいるようじゃが、初対面の者もおろう。改めて自己紹介をしてもらおうかの。——ではぬしからじゃ」

「……！　は、はい！」

エルルカに促され、竜胆が緊張した面持ちで一歩前に進み出た。

「〈影の楼閣〉中等部三年、紫苑寺竜胆と申します。以後お見知りおきを」

言って、深々と頭を下げる。彼女の名に、生徒たちがぴくりと反応を示した。

「紫苑寺——」

「ということは、学園長の……」

などと、口の中で言葉を転がすように独り言つ。

しかしそれも無理のないことなのかもしれなかった。彼女の苗字は、〈楼閣〉学園長と同じものだったのである。養成機関に所属する魔術師ならば、一度くらいは耳にしたことがあるだろう。

「………」

だが竜胆は、周囲の反応に、どこか居心地悪そうに身じろぎした。

それは、偉大な高祖父を持ちながら補習などを受けている自分を恥じているようにも見えたし、あまり高祖父のことを話題に上らせたくないようにも見えた。

とはいえそれも道理。——〈楼閣〉学園長・紫苑寺暁星は今、〈ウロボロス〉鴇嶋喰良の権能によって不死者と化され、〈庭園〉地下の無限監獄に収監されていたのである。生徒たちもそれを察してか、曖昧に言葉を濁す。

と、そんな微妙な空気が満ちる中、あっけらかんとした調子でエルルカが続けた。

「ちなみにこやつの補習参加理由は、レポートの不提出じゃ」

「えっ、そこまで明かされるんですかこれ⁉」

その言葉に、竜胆が声を裏返らせる。エルルカは当然というように首肯した。

「ここに来た理由はそれぞれじゃからの。互いに知っておいた方が都合がよいこともあろう。何か問題でもあるのか？」

「……は、恥ずかしいのですが」

「それならば再発防止策としては上々じゃの」

「ぐむぅ……」

竜胆が頬を紅潮させながら押し黙る。……確かに、ぐうの音も出ない正論ではあった。

「さて次じゃ。時計回りに続けよ」

「は」

エルルカの指示に、次いで前に出たのは、竜胆の左隣にいた生徒だった。

「――――」

――山。その姿を目にした無色の脳裏に浮かんだ一文字はそれだった。

身の丈は優に一九〇センチを超えるだろう。巨木の如く隆起した両腕に、両足。ここにいる以上学生ではあるのだろうが、その堂々たる佇まいは、一目でその人物のただならぬ経歴を物語っていた。

だが無色には、それよりも気になって仕方のないことがあった。

その人物は、可愛らしいプリーツスカートを身につけていたのである。

そう。今目の前にいる筋骨隆々とした戦士は、どうやら女子生徒であるらしかった。

「〈灰燼の霊峰〉一年、武者小路涅々だ」

しかも年下だった。思わず額に汗を滲ませる。無色以外の面々も意外に思ったようで、皆驚いたような顔をしていた。

しかし涅々は特段気にした風もなく、静かに言葉を続けた。

「謹慎中につき受けられぬ試験があったため、補習を受けさせてもらうことになった。ご指導ご鞭撻のほど、よろしくお願い申し上げる」

落ち着き払った声音でそう言ってくる。どう見ても年下とは思えない風格だった。

が、今はそれよりも気になることがある。無色は小さく首を傾(かし)げた。

「謹慎？」

「一体何があったのですか？」

無色の隣にいた浅葱(あさぎ)が同調するように問う。

すると涅々ではなくエルルカがそれに答えてきた。

「他の生徒との喧嘩(けんか)じゃな」

「あっ……あー……」

イメージ通り……と言っては悪いが、納得感のある理由に、無色は眉根を寄せながら汗を滲ませた。だが——

「花壇を踏み荒らした生徒と諍(いさか)いになったそうじゃ」

「意外と乙女な理由だった」

思いがけない原因に、無色は思わず目を見開いた。

「……って、あれ？　でもそれなら喧嘩相手の生徒も補習なんじゃ。まさか武者小路さんだけ謹慎になったなんてことはないですよね？」

「相手は三人。第二顕現を発現していたらしいが、全員首の骨を折る重体だそうじゃ。今は入院中じゃな」

「これ以上感情揺さぶるのやめてくれます？」

無色が渋面を作りながら言うと、エルルカは「まあ、魔術師じゃ。死にはせぬ」と軽い調子で返してきた。

「では、次じゃ」

するとその言葉に従い、涅々の陰から一人の生徒が歩み出る。

ダークカラーのスーツを着崩した、小柄な人物だ。その姿を見てか、皆が息を呑むのがわかった。

とはいえそれも仕方あるまい。そこにいたのは、目の覚めるような美少女だったのである。絹糸のような長髪に、人形のように端整な面。白磁の肌に、長い睫毛が揺れていた。

「――〈黄昏の街衢〉三年、秘宮来夢だ。よろしくな」

「ライムさん？」

無色が聞き返すと、来夢はうんざりとした顔を作った。

「あ、今果物の方思い浮かべたろ。そこは漢字で頼むわ。ま、数少ねー男子同士仲良くしようぜ」

その言葉に、無色は思わず目を丸くした。

「ええと……あなたは……男子生徒……なんですか？」

「は？　当たり前だろ。何言ってんだ？」

意味がわからないといった様子で来夢が眉根を寄せる。その表情もまた美少女だった。声も、声変わりを済ませていないかのように甲高い。なんだか脳がバグりそうになる無色だった。彩禍モードの無色が、まったく彩禍を演じずにありのままで振る舞ったなら、こんな感じになるのかもしれない。

「……もしかして融合とかしてます？」

「は？　何言ってんだおまえ」

「あ、いや、すみません」

脳裏に浮かんだ疑問をぽろりと零してしまった。誤魔化すように続ける。

「それより、あなたはどうして補習に？」

「ん？　まあ大した理由じゃねえよ。そこの一年と同じように、謹慎中で試験が受けられなかっただけだ」

「謹慎ですか」

「ああ。魔術師交流戦の結果で賭けしてたのがバレちまってよ」

「だいぶ大した理由じゃないですか」

「専用のアプリ作って慎重に運用してたんだけどなー。完全会員制で、払い戻しは暗号資産にしてたし」

「計画的犯行じゃないですか」

よく放校処分にならなかったものだ……と思ったが、魔術師養成機関は普通の学校とは違う。使い方はどうあれ、能力のある者を放逐してしまうのは損失であると考えているのかもしれなかった。

無色がそんなことを考えていると、来夢が唇の端を上げてきた。

「だからおまえのことも知ってるぜ、スーパールーキー」

「え、本当ですか？」

「ああ。だいぶ儲けさせてもらったしな」

言って、にっひっひ、と悪戯っぽい笑みを浮かべる。長い睫毛が微かに揺れた。

なんだろうか。話の内容は卑俗極まりないものだったのだが、顔の造作が端整すぎていろいろ誤魔化されているような気がした。

「さて、次はぬしじゃ」

「はっ」

エルルカの言葉に応え、浅葱が一歩足を踏み出した。

「〈虚の方舟〉二年、不知火浅葱と申します。お見知りおきを」

そしてそう言って、浅葱が礼をする。マナーの教本にお手本として載っていそうな、綺(き)麗(れい)なお辞儀だった。

「……しらぬい？」

無色(むしき)は彼女の名乗りに、小さく首を傾げた。出自からして、てっきり浅葱の苗字も不夜(ふや)城(じょう)だと思っていたのである。

すると浅葱が、無色だけに聞こえるように、声を潜めながら耳打ちしてくる。

「――不夜城分家の一つです。〈方舟〉内では下の名で事足りますが、対外的に名乗らねばならないとき、全員が同じ苗字ではいろいろと障(さわ)りもあるでしょう」

「なるほど……」

無色は納得を示すようにうなずいた。彼女が所属する〈方舟〉は、無色や瑠璃(るり)の実家の本家筋に当たる不夜城家が治める養成機関なのだが、他の養成機関と異なる、特殊な事情があったのである。

と、そこで、浅葱の名を聞いた来夢が片眉を上げた。

「浅葱……聞き覚えのある名前だな。確か〈方舟〉風紀委員(アズールズ)の頭目だ」

「よく知ってますね」

驚いたように無色が言うと、来夢は得意げにうなずいてきた。

「有力魔術師のデータはだいたい頭に入ってる。相手にもよるが、平均オッズは三・五倍ってとこだ。手堅く一口は押さえておきたいところだな」

「もしかしてまったく懲りてませんね？」

「ちなみに〈庭園〉〈楼閣〉戦のときのルーキーは九〇八倍だった」

「………………」

当然かもしれなかったが、とんだ万馬券だった。あまり聞きたくなかった。

「あ。ところで彩禍さんは何倍だったんです？」

「彩禍……って、極彩の魔女様か？　〇・九倍だ」

「当たってもマイナスじゃないですか」

「当たり前だろ。もし上がるなら全員そこに賭けちまう」

「それはそうかもしれませんけど……じゃあその回は賭けが成立しなかったんじゃ」

「それが、『久遠崎彩禍の出場』自体がレアすぎて、記念に買う奴が意外といてなー」

「あー」

無色は納得を示すようにうなずいた。確かにそれは買ってしまうかもしれない。というか無色も欲しかった。なぜ教えてくれなかったのだろうか。アプリということは紙の券は存在しないのかもしれないが、スクリーンショットだけでも送ってもらえないだろうか。

と、無色がそんなことを考えているとはまるで気づかぬ様子で、来夢が再度浅葱に視線を向ける。

「で、一体なんだってそんな奴が補習なんか受けてんだ？　風紀委員(アズールズ)っていったら〈方舟〉のエリートじゃねえか」

「……それは」

来夢の言葉に、浅葱が口ごもる。

するとエルルカが、浅葱に代わるように答えてきた。

「あー……補習参加理由は、学園長反逆罪となっておるの」

「が、学園長――」

「反逆罪……？」

「一体なんですかそれは……」

その不穏な言葉に、生徒たちがざわつく。

それはそうだろう。今までの補習参加理由は、程度の差こそあれ一応は納得に足るものだったのだが、いきなり『罪状』が飛び出してきたのである。

「知らぬ。わしも初めて聞いた。〈方舟〉にはそういう規則があるのか？」

「……まあ、その、いろいろありまして」

歯切れ悪く、浅葱が答える。仮面を着けているため表情は窺い知れなかったが、なんとなく渋い顔をしているであろうことは想像がついた。

詳しい事情はわからなかったが、いろいろあったようだ。無色は〈方舟〉学園長・不夜城青緒の顔を思い浮かべながら腕組みした。……確かに彼女なら、だいぶ無茶を言いそうではあった。浅葱も苦労しているらしい。

「まあよい。では次が最後かの」

他の養成機関のやり方に干渉しすぎるのもよくないと思ったのか、単に面倒に思ったのか（恐らく後者だろう）、エルルカが話を切り上げ、無色の方に視線を寄越してくる。

「は、はい」

無色は微かな緊張とともに前に進み出ると、皆に倣って自己紹介を始めた。

「〈空隙の庭園〉二年、玖珂無色です。編入生のためご迷惑をおかけするかもしれませんが、よろしくお願いします」

言って、ぺこりと頭を下げる。

『…………』

すると周囲の生徒たちから、種々の感情が乗った視線が送られてきた。

自己紹介をしているのだから注目を浴びるのは当然と言えば当然なのだが……それにし

たって少々反応が過剰な気がした。頬に汗を滲ませながら首を傾げる。

「あの、何か?」

「……! い、いえ……」

無色が尋ねると、竜胆がハッと肩を揺らしながら視線を逸らした。

それに倣うように、他の三人もまた、素知らぬ顔を作る。

「……それで、あなたはなぜ補習を受けにいらしたんです?」

竜胆が誤魔化すように咳払いをしたのち、問うてくる。無色はぽりぽりと頬をかきながら答えた。

「実は……訳あって、魔術師適性試験を欠席してしまって」

『…………は!?』

無色の言葉に、周囲の生徒たちが一斉に表情を驚愕の色に染めた。

「適性試験を……欠席?」

「な、何をしているのです。瑠璃様はご存じなのですか?」

「大丈夫か? 無理矢理補習に連れてこられたりしてねえか?」

「魔術師は命の危険を伴う。踏みとどまるのも勇気だ」

などと、狼狽や懸念の声をかけられる。……レポート不提出の竜胆はまだしも、他の三人に心配されるのはなんだか腑に落ちない無色だったが、適性試験欠席というのは魔術師にとって思った以上に大きな意味を持つらしかった。

「だ、大丈夫です。本当にいろいろあっただけで……別に〈庭園〉から逃れるために欠席したわけじゃないんです。補習の参加も自分の意志なので」

「ならいいけどよ……なんだって適性試験をすっぽかしたりしたんだ？」

「ああ、ちょうど世界を救ってまして――」

「は？」

来夢が訝しげに眉根を寄せてくる。無色は慌てて、「な、なんでもないです」と首を横に振った。

すると会話が一段落したと判断したのだろう、エルルカが腕組みしながら皆を見回した。

「――さて、ではこれより、補習を開始する。もう知っている者もおろうが、今回の課題は魔導薬用素材の採集・狩猟じゃ」

言いながら、懐からスマートフォンを取り出す。

「今日は一日目じゃからな。とりあえずテントを張ったあとは、各自島を巡って土地勘を摑むがよい。活動範囲と拠点の位置は逐一端末で確認し、見失わないようにしておけ。取得難度と素材評価はアプリを参照せよ。無論稀少素材を多く手に入れた方が評価は高くなるが、無理はするな。手足くらいならここでも接いでやれんことはないが、死んだらさすがにわしでもお手上げじゃ」

冗談めかすように、エルルカが肩をすくめる。が、それに笑みを漏らしたのは来夢くらいだった。その来夢も、皆の真面目そうな顔を見てか、気まずそうに居住まいを正す。

「一二時を目処に、再度ここに集合せよ。昼食とする。——本当ならば食料も各々とってこいと言いたいところじゃが……まあ、それくらいは用意してやろう」

エルルカが自然な調子で言う。今度は冗談めかした様子が一切なかった。どうやら本当にそう思っているらしい。無色は逆に乾いた笑みを浮かべそうになってしまった。

「ん、そんなところかの。——では、解散じゃ。健闘を祈るぞ」

そして、そんな気の抜けた宣言とともに、園外補習はその幕を開けたのだった。

『…………』

皆が、互いの出方を気にするように視線を巡らせる。

とはいえ、最初にせねばならないことは決まっていた。やがて皆、自らの寝床を作るために拠点内に散らばっていった。

「さて……じゃあ俺もまずはテントを張らないと」

周囲の環境も見て回りたかったが、何はなくとも寝床を確保しなければならない。無色は適当なスペースを選ぶと、荷物の中から小さく折り畳まれたテントを取り出した。

テントを設営した経験などはなかったが、黒衣(くろえ)の話によれば、〈庭園〉のそれは非常に手順が簡略化されているため、初心者でも簡単に設営が可能らしい。同封されていた説明書に視線を落とし、文章を読み込む。

「ええと……？　これがそうだから、あれがこうなって……？」

訂正。意外と難しかった。無色は眉根を寄せながら説明書とテントを交互に見た。

するとそこで、ふっと辺りが暗くなる。

一瞬、天気が変わったのかと思ったが、違う。上方を見やると、いつの間にかそこに、大柄な女子生徒——武者小路涅々(むしゃのこうじねね)が立っていた。

「む、武者小路……さん？」

「——そのボタンを押しながら、シャフトを捻(ひね)れ」

「え？　こう？」

無色が言われたとおりに操作すると、折り畳まれていた生地がポン！　と膨れがあり、一瞬にしてテントの形になった。

「わっ！　す、すごい……ありがとう、助かったよ」

「気にするな。私はもう設営を終えたので、ついでだ」

無色が礼を述べると、涅々は至極落ち着いた調子でそう返してきた。

見やると涅々の後方に、テントが張られているのがわかる。全体がパステルカラーで、花の模様が描かれていた。なんだか妙に可愛らしかった。

「あとはこれをテントの中に置いておけ」

「これは?」

「香だ。虫除けになるし、心も落ち着く」

「あ、ありがとう」

ふわりと花の香りが漂うお香と、可愛らしい動物形のお香立てを手渡され、無色は困惑しながらも礼を述べた。

すると涅々は満足げにうなずいたのち、無色と同じようにテント設営に苦戦する竜胆の方へ、のしのしと歩いていった。

……武将のような風格だが、なんだかとっても良い人そうだった。

◇

心地のよい風が木々の枝を揺らし、潮騒の如き音を響かせる。

それに合わせて地面を照らす木漏れ日が揺動し、なんとも幻想的な様を作り上げた。

「…………」

拠点にてテントの設営を終え、周辺環境の確認に出てから数分。

紫苑寺(しおんじ)竜胆は、美しい自然にも一切反応を示さず、緩慢に歩みを進めるのみだった。

別に風光明媚(ふうこうめいび)な景色に興味が持てないわけではない。ただ単に、今はそれらが目に入らないくらい、別のことで頭がいっぱいなだけだった。

とはいえ、辺りに潜んでいるであろう危険生物に気を張っているわけでもなければ、学園長の玄孫(げんそん)であるにもかかわらず、補習者という不名誉な呼び名を負ってしまったことを気に病んでいるわけでもない。

「……玖珂、無色――」

ぽつり、と。

竜胆はその名を唇から零(こぼ)した。

玖珂無色。数ケ月前〈空隙の庭園〉に編入したばかりの新米魔術師にして、今回の補習者の一人。そして、先日行われた〈庭園〉対〈楼閣〉の交流戦代表に大抜擢(ばってき)された、理外の初心者である。

竜胆はその名を、鴇嶋喰良(ときしまくら)事件の報告書で目にしていた。

神話級滅亡因子(マイソロジア)〈ウロボロス〉が〈庭園〉内にて眷族(けんぞく)を率いて蜂起した上、〈庭園〉地下に封印されていた身体を奪取し、逃げおおせた未曽有の大事件――

その中にあって、頻繁に現れるのが、玖珂無色という謎の生徒の名だったのである。

しかし、それだけの重要人物だというのに、彼に関する資料はほとんど存在しないに等しかった。つい最近編入したばかりだから、というのが〈庭園〉側の説明だが、ただの編入生が交流戦の代表に選ばれることなど、普通に考えればあり得まい。

恐らく、〈庭園〉は何かを隠している。彼にはなんらかの秘密があり、そしてそれは鴇嶋喰良事件に――竜胆の高祖父・紫苑寺暁星を不死者へと堕とした忌まわしきあの事件に、密接に関わっている。

「……とりあえず、潜入は成功ね」

竜胆は小さく呟くと、あごに手を当てた。

そう。数日前、偶然養成機関の補習者リストに玖珂無色の名を見つけた竜胆は、彼と接触を試みるべく、あえてレポートを提出せず、この補習に紛れ込んでいたのである。

もしも〈庭園〉が情報を隠蔽しているのだとしたなら、〈庭園〉内で彼と会話するのはリスクが高い。その点においても、外から隔絶された島での補習は、理想的な環境ということができた。

品行方正、実直勤勉で通っている竜胆が「すみません。レポートが完成しませんでした。

補習をお願いします」と言ったときの教師の顔と周囲のざわめきはなかなか心にくるものがあったが……今はそんなことを言っている場合ではない。

「とにかく……当たって砕けろよ」

高祖父のこと。鴇嶋喰良のこと。

そして——あのとき〈庭園〉で何が起こったのか。

真実を知るために、竜胆は顔を上げ、無色の進んだ方向へと進路を変えた。

「不思議な場所……」

地面を踏みしめながら、不知火浅葱（しらぬいあさぎ）は仮面の奥でぽつりと呟いた。

『世界』のシステムから外れた場所、特別管理幻想区域・丹礼島（にらいとう）。噂（うわさ）には聞いていたが、なんとも不可思議な空間である。

先ほどの怪物のように、通常滅亡因子に認定されるであろう生物が生息しているだけでなく、辺りに自生する植物も、外界では目にしたことのないものが交じっている。

シャボン玉のような泡を吐き出す花や、腰掛けのように巨大なキノコ。石には透明で硬質の苔（こけ）がびっしりと生え、まるで水晶のような輝きを放っている。恐らくそのどれもが、貴重な魔導薬の素材となり得る代物なのだろう。

まるで夢を見ているか、おとぎ話の世界にでも迷い込んだかのような、幻想的な光景。

魔術師の端くれとしては興味が尽きなかった。

「…………」

しかし。浅葱はぽりぽりと頭をかきながら息を吐いた。

浅葱がここに来た目的は、貴重な動植物の研究でもなければ、補習課題をこなすことでもなく、とある密命を帯びていたからだったのである。

浅葱は陰鬱な気分で、数日前のことを思い返した。


「──で、どうなっているのよ浅葱」

「どうなっていると仰られましても」

魔術師養成機関〈虚の方舟〉の学園長室で。

学園長・不夜城青緒の苛立たしげな言葉に、浅葱は面の下で困り顔を作りながら応じた。

〈方舟〉の学園長室は、喩えるなら謁見の間のような造りになっている。部屋の奥が上段の間となっており、その境目に御簾がかけられていた。

けれど、御簾に隠され、シルエットしか窺い知ることができないはずの青緒の表情が、なぜか浅葱には手に取るようにわかってしまった。

「瑠璃からも無色からも彩禍さんからも、あれ以来全然連絡が来ないじゃない」

「滅亡因子に関する報告や、〈方舟〉の被害を見舞う書簡などは届いておりますが――」

「そういうことを言っているんじゃないのよ」

御簾の向こうから、バンと脇息を叩く音が響く。

「瑠璃の本命は誰かってことを聞いているの、私は！」

「…………」

青緒の言葉に、浅葱は幾度目とも知れぬため息を吐いた。

そう。ここのところの青緒は、瑠璃の色恋の動向に興味津々だったのである。

「〈リヴァイアサン〉の呪毒が消えた今、瑠璃は自由の身よ。でも、万が一私の身に何かあったとき、後継者序列の一位にいることに変わりはないわ。私は不夜城家当主として、あの子の相手を見定める義務があるの」

「……つまり？」

「無色と彩禍さん、どっちだと思う？　いやね、もちろん無色は兄だし彩禍さんは女性だして、いろいろ大変だとは思うのだけど、私としては瑠璃の気持ちを尊重したいのよね。魔術と科学をフルに使えば子供の問題もなんとかなるでしょうし……」

「…………」

浅葱が無言でいると、青緒は再度脇息をバンバンと叩いた。

「それ！　なのに！　どうして何も続報がないのよ！」

御簾の奥で、青緒のシルエットが激しく動く。

「あれからもう二ヶ月近く経つのよ？　何も進展がないってことはないでしょう。せっかくスマホの操作覚えたのに、苦労して瑠璃にメッセージ送っても既読スルーされるし！」

「当主様。落ち着いてください、当主様」

浅葱が困り顔を作りながら懇願するように言うと、青緒はぴたりと動きを止めた。

そして、ずいと身を乗り出すようにしながら続けてくる。

「というわけで、私は一計を案じたわ」

「……お聞きしても？」

なんだか嫌な予感を覚えつつも、浅葱は聞き返した。

すると、それに応えるように、青緒がおもむろに立ち上がったかと思うと、青緒と浅葱の間を隔てる御簾が自動的にするすると巻き取られていった。

御簾に覆い隠されていた青緒の姿が露わになる。髪型や表情こそ違うものの、顔は浅葱と瓜二つと言っていいほどに酷似していた。

とはいえ、それは当然のことだ。正確に言うのならば、青緒が浅葱に似ているのではなく、浅葱が青緒に似ているのである。不夜城の名を持つ女は、全員が青緒と同じ顔をしているのだから。

「な……っ──」

その装いを見て、浅葱は思わず息を詰まらせた。

しかしそれも無理からぬことである。

何しろ今の青緒は、普段の着物ではなく、紫紺の上着に黒のプリーツスカート──すなわち、〈空隙の庭園〉の制服を身に纏っていたのだから。

「私自身が生徒として〈庭園〉に潜入し、直接情報を探ってこようと思うの」

言って、自信満々にポーズを取ってみせる。ひらりとスカートが舞い、白い太股が露わになった。

ぶわっ──と、浅葱の顔面に汗が噴き出す。

浅葱は、愕然としながらも、必死に訴えかけるように声を張り上げた。

「お、お考え直しください、当主様……！　どうかお気を確かに！」

「気を確かにって何よ。別に乱心なんてしてないでしょう」

「……私とてこんなことは申し上げたくないのですが……どうかご自身のお歳を鑑みていただきたく……！」

　絞り出すような声で浅葱が言うと、青緒は心底意外といった様子で眉根を寄せた。

「なんでよ⁉　結構似合ってるでしょ⁉　っていうか私より年上の彩禍さんがよくて、なんで私は駄目なわけ⁉」

「そ、それは……」

　浅葱が口ごもると、青緒はすっと目を細めた。

「いいわ。正直な感想を言ってちょうだい。この発言によってあなたを罰することはないと誓いましょう」

　そして、波紋一つない水面の如く静謐な調子で以て、そう言ってくる。その佇まいは、数百年間不夜城家を統べてきた大魔術師の威厳に満ち満ちていた。

「恐れながら……見目はお若くとも、当主様の制服姿からは、隠しきれない熟女感が漂っておられると申しますか、無理すんな感が凄いと申しますか……あと、私たちも同じ顔なので正直恥ずかしいです……ほんとうにやめてほしい……」

「本当に正直に言ったわねこの子は！」

浅葱の言葉に、青緒が悲鳴じみた声を上げる。威厳が一瞬で霧散した。

と、そのときである。学園長室の扉がノックされたかと思うと、顔を仮面で隠した女子生徒が入ってきた。浅葱と同じ風紀委員（アズールズ）の一人だ。

「失礼いたします。少しよろしいでしょうか――」

「あとにしなさい。今極めて重要な儀について話しているところです」

浅葱がきっぱりと言うと、風紀委員（アズールズ）は制服姿の青緒にギョッとするようなリアクションを取ったのち、恐縮するように肩をすぼめた。

「も、申し訳ありません……ですが、瑠璃様及び無色（むしき）様、久遠崎（くおざき）学園長の情報はすぐにお伝えしろとのことでしたので……」

「……！　何かあったの？」

その報告に、青緒が色めき立つ。風紀委員（アズールズ）は一瞬浅葱の反応を窺ったのち、言葉を続けた。

「……は。無色様が来週より、丹礼島にて補習を行われるようです」

「補習？　ふうん……彩禍さんと瑠璃は別なのね？」

「そのようです」

青緒は大仰にあごを撫（な）でると、にやりと唇を歪（ゆが）めた。

「面白いじゃない。彩禍さんは摑み所がないし、瑠璃は反抗期だけど、無色なら与しやすそうだし。私が生徒として潜入して、ちょっと無色に瑠璃との進展状況を確かめて——」

「わ、私にお任せください！」

青緒の言葉を遮るように、浅葱は悲鳴じみた声を上げた。

当主の発言を邪魔するなど、無礼千万であることは重々承知している。けれどそれを理解した上でなお、言わずにはいられなかった。深々と頭を垂れながら、続ける。

「当主様は〈方舟〉の学園長！　この学園の柱にして大海の守護者にございます！　何卒、何卒慎重なご判断を……！」

「……ふむ」

浅葱の必死の訴えに、青緒はゆっくりとその場に膝を折った。

「あなたの意見ももっともよ。——念のため聞くけれど、その提言は、制服姿の私が無色の前に出ていくことが嫌だから言っているわけではないわよね？」

「…………、もちろんにございます」

「何よその間は！」

浅葱の返答に、青緒は脇息を叩きながら絶叫を上げた。

その後どうにか青緒を説き伏せ、自分が代わりに補習の場に赴くことになった浅葱ではあるが、これはこれで気が重かった。

何しろ無色に、瑠璃との関係の進展具合を聞き出さねばならないのである。

無論、直接そんなことを聞くわけにもいかない。浅葱の介入によって二人の関係性に変化が生じてしまうことは避けたかったし、何より恥ずかしくて仕方なかった。

どうにかして自然に、それとなく、無色との会話の中から情報を拾い集めねばならない。しかも青緒が最低限納得するくらいの、である。

「……今から気が重いわ」

浅葱は独り言ちてため息を吐いたが、仮面の中に陰鬱な雰囲気が充満してしまうような気がして、軽く首を横に振った。

何にせよ、別行動となった今こそ、他の生徒に邪魔されずに無色と接触するチャンスだ。

浅葱は無色の歩いていった方向に進路を取ると、歩調を速めた。

◇

「……はあ」

「ええと、これがこうだから、この範囲は大丈夫かな……」

無色は注意深くスマートフォンの画面を覗き込みながら、慎重に歩みを進めていた。

画面には、青、黄、赤の三色で色分けされたこの島の地図と、自分が今どこにいるかを示すアイコンが表示されている。エルルカ曰く、この色分けが、この島における大まかな危険度を表しているとのことだった。

青いエリアは比較的安全で、気軽な散策が可能な区域。

黄色いエリアは、先ほどのような生物が出没する可能性が高い区域。

そして赤いエリアは、緊急時を除き、生徒だけで入ってはいけない区域らしい。

今無色がいるのは、当然青エリアのど真ん中である。赤エリアは無論のこと、できるだけ黄色エリアの近くにも寄らないように注意しながら進路を取る。

とはいえそれも当然だ。彩禍の身体と融合しているとはいえ、無色自身は魔術初心者。危険は可能な限り避けるに越したことはなかったのだ。

「それにしても……」

無色は辺りを見回した。

周囲には、なんとも摩訶不思議な光景が広がっている。外の世界では見たこともないような植物が生い茂り、遠くから奇妙な鳴き声が響いていた。

「あ、そうか。確かこれで……」

無色は思い出したようにそう言ってスマートフォンの画面をタップすると、アプリのモードを切り替えた。

カメラアプリのように、背面レンズを通した景色が画面に映し出される。

そしてその画面に、近くに生えていた、黒い実を付けた植物を収めると、ほどなくしてピピッという効果音が鳴った。

【ラッカの実。取得難度１／素材評価２。魔力感応インクの原料】

「おおー」

対象の名前、取得難度、素材評価、そして主な使用用途などが簡潔に表示される。なるほど、これは便利だ。無色は思わず感嘆の声を漏らした。

このアプリを用いれば、優先的に採取すべき素材を判別することができるだろう。

取得難度とはその名の通り、その素材を手に入れる難易度のことである。たとえば気性の荒い獣となれば必然そのレベルは高くなるだろう。また、植物であっても、強い毒性を有していたり、採取のために特別な手順が必要となるものに関しては、難度が上がる傾向にあるようだ。様々な要素を総合的に判断しての数字らしい。

注意せねばならないことがあるとすれば、取得難度と素材としての評価が必ずしも同一ではないということだろうか。今回の課題においてもっとも重視されるのは素材評価である。如何(いか)に強い生物を倒したとしても、素材としての評価が低ければ、骨折り損のくたびれもうけになりかねない。

いずれにせよ、これを利用して素材を集めればよいというわけである。無色はできるだけ評価の高い素材を求め、目に付く植物を次々とレンズに収めていった。

【ピンベリー。取得難度1／素材評価1。染色などに用いる】

【クッションニ茸(だけ)。取得難度1／素材評価1。簡易緩衝材】

【ハルルの葉。取得難度1／素材評価2。変声薬の原料】

なんだろうか。補習課題であることは理解しているのだが、少し楽しくなってきた。

絶妙にコレクター欲を刺激するというか、アプリ自体がゲーム的な快感を意識しているような気がした。素材を見つけたときのエフェクトもいちいち気持ちいい。何となく、アプリの開発にヒルデガルドあたりが関わっているのではないかと思う無色だった。

とはいえ、やはり普通に採集できそうな植物は、あまり素材評価が高くはないようだった。小さく息を吐きながらあごを撫でる。

「んー……これもレベル1か。ひたすら摘み続けてれば一応合格ラインには達するかもしれないけど、やっぱり少しは難易度の高いものを狙わないと――」

と、そのとき。

「………⁉」

無色はビクッと肩を震わせた。まるで無色のリクエストに応えるかのようなタイミングで、前方の茂みがガサガサと揺れたのである。

まさか本当に取得難度の高い生物が現れたとでもいうのだろうか。無色はごくりと息を呑むと、腰を落として構えを取り、意識を研ぎ澄ませた。

だが。

「――玖珂先輩！　ちょっとよろしいでしょうか！」

「――無色さん。ここにおられましたか」

次の瞬間、茂みから飛び出してきたのは、立派な眉をした小柄な少女と、狐の面を被った少女だった。

「へ……っ？」

予想外の展開に、無色は思わず目を丸くした。

しかし、それは彼女らも同じらしかった。竜胆も浅葱も驚いた様子で、顔を見合わせている。

「し、不知火先輩？　なぜここに」

「……浅葱で構いません。竜胆さんこそ、こんなところで何を？」

「いえ、私はその、ちょっと通りかかっただけですけども」

「無色さんに何かご用があったようでしたが……」

「や、ま、まあ……なんと言いますか。浅葱……先輩こそ玖珂先輩をお捜しで？　私はあとで構いませんのでお先にどうぞ」

「え？　あ、いや、急ぎの用件というわけでもありませんので、竜胆さんからどうぞ」

などと、互いに譲り合う。なんとなくだが、二人とも無色との会話を他人に聞かれたくないといった様子に見えた。

「……何してんだ？　おまえら」

と、竜胆と浅葱がどうぞどうぞと順番を押しつけ合っていると、左方からそんな不審そうな声が聞こえてきた。

見やると、いつの間にかそこに、来夢（らいむ）の姿があることがわかる。またその後ろには、涅々（ねね）が腕組みしながら立っていた。

「！　秘宮（ひめみや）先輩に……武者小路（むしゃのこうじ）先輩も」

「……、偶然出くわしただけですが？」

二人の登場に、竜胆が驚いたような表情を作り、浅葱がとぼけるように顔を背ける。反応こそ違えど、互いに話題を変えたい様子が見て取れた。

　来夢もその雰囲気を察したのだろう。不思議そうな顔をしながらも「まあいいや」と話を続けた。

「それよりだ。ちょっと提案があるんだけどよ」

「な、なんでしょう」

　突然の話に、無色が微かな緊張を滲ませながら返すと、来夢はひらひらと手を振りながら言った。

「そう構えるような話じゃねぇ。単に、補習課題クリアのために協力しようってことさ」

「協力、ですか」

「ああ。例のアプリは試してみたよな？　どうだった？」

「はい。すごいですねこれ」

「いやそうじゃなくて。その辺にあるような草やら石やらは、だいたい素材評価1か、よくても2ってとこだったろ？」

「あ……はい」

　確かに来夢の言うとおり、無色がチェックした植物は全て素材評価1ないし2のものばかりだった。まあ、ここは比較的安全な青エリアなので当然なのかもしれなかったけれど。

「1やら2の素材だけで合格ライン超えようと思ったら、それこそ千個単位で集めなきゃなんねぇ。せめて3以上——できれば5くらいの素材が欲しいところだ。でも、そんなレベルのものを採ろうとしたら、黄色エリアに足を踏み入れなきゃなんねぇ。となりゃあ、単独行動じゃ限界があるわな」

来夢の言葉に、無色はなるほどとうなずいた。

しかし竜胆と浅葱は、キョトンとした様子で首を傾げていた。

「いえ、別に……」

「私は一人でも大丈夫ですが」

「くっ、この武闘派どもめ……」

二人の反応を受けて、来夢が渋面を作る。

しかし来夢は気を取り直すように咳払いをすると、あとを続けた。

「お二人さんが強いのはまあわかった。だがこの課題における、後方支援の重要性ってもんがまだいまいちわかってねーんじゃねーか？　評価値の高い動植物をどうやって効率的に見つけ出す？　仮に狩ったとして、その保存や運搬は？　全部一人でやるつもりか？」

『……』

その言葉に、竜胆と浅葱が黙り込む。来夢の言うことももっともだと思ったのだろう。

と、そこで、来夢の後方で沈黙を保っていた涅々が、初めて口を開いた。

「──随分詳しいな。まるでここに来たことがあるかのような口ぶりだ」

ハスキーな声でそう言われ、来夢がたらりと汗を垂らした。

「……賭博がバレたのはこれが初めてダヨ？」

そして、目を泳がせながらそう言う。……他の理由でなら補習を受けたことがあるかのような口ぶりだった。

まあ、いろいろ気になる点はあるが、回答は決まっている。無色はすっと手を挙げた。

「──乗ります。正直俺一人じゃ不安だったので、むしろありがたいです」

無色が言うと、来夢は「おおっ！」と拳を握った。

「話がわかるなルーキー。おまえはデキるやつだと思ってたぞ」

「は、はあ。それはどうも」

するとそんな無色の様子を見てか、竜胆と浅葱もまた、了承を示すようにうなずいた。

「……、私も、協力します」

「私も異存ありません」

二人の返事を受けて、来夢が満足そうに「よし」と言ったのち、無色の方を向いてくる。

「助かったぜ、色男」

「……？　や、俺は何もしてませんけど」

「はっ、まあそういうことにしとくか」

言って来夢がカラカラと笑う。よく意味はわからなかったが、まあいいだろう。いずれにせよ協力関係が築けたのはありがたいことだった。

「ところで、評価1、2のものだと何千個も集めないといけないんですよね。もっと高いレベルのものだったら幾つくらい必要なんですか？」

無色が問うと、来夢はあごを撫でるような仕草をしながら視線を上の方にやった。

「んー……モノにもよるが、評価5の素材であれば、一人頭五、六個もありゃ合格ラインに達するはずだ」

「へえ、そんなに違うんですね」

「全然別物よ。評価8以上のレア素材なんて採ってみ。一発で合格決定だぜ。ま、そんなやべーもん、赤エリアの奥にしかねぇだろうけどよ」

言いながら、来夢が肩をすくめる。

「そんなレアものはさすがに狙わねえけど、当たりをつけてる場所がある。散策とメシが終わったら付き合ってくれ」

来夢の言葉に皆は同意を示すようにうなずいた。

「ん……？」

と、そこで無色はぴくりと眉を揺らした。手にしたスマートフォンから、軽快な効果音が響いてきたのである。

どうやらアプリが起動したままになっていたらしい。画面には来夢の姿と、短い文言が映し出されている。

【人間（魔術師）。取得難度8（倫理的理由含む）／素材評価8。様々な用途に用いる】

「…………」

画面に表示された文章を見て、無色は無言のまま汗を滲ませた。

「ん？　どうかしたか？」

「いえ、なんでも」

……見てはいけないものを見てしまった気がする。

無色は努めて平静を装いながら、スマートフォンをポケットに突っ込んだ。

◇

「ん？　なんじゃぬしら。結局一緒に行動しておったのか」

午後一二時。散策を終えて拠点に戻った無色たちを出迎えたのは、そんなエルルカの声だった。

「はい。偶然途中で会いまして……」

「ふむ。まあ別に構わぬがの。単独で動くより協力した方が効率的なのは確かじゃ」

エルルカがさらりと言ってくる。どうやら、道中無色たちが同盟関係を築いたこともお見通しらしい。無色たちは顔を見合わせて苦笑した。

「それよりも、昼にするぞ。材料は用意してある。好きに使ってよいが、ついでにわしの分も作ってくれるとありがたい」

言って、いつの間にかそこに用意されていたクーラーボックスを開けてみせる。冷気の靄が白く立ち上り、中に収められていたものが露わになった。

肉や魚介類、野菜に卵、果物など、様々な食材がぎっしり詰め込まれている。かなりの充実度に、無色は思わず目を丸くした。

「へえ、すごいですね。っていうかこのクーラーボックス、どうなってるんです？　保冷剤とか入ってなさそうですけど」

「箱の内側見てみ。構成式が刻まれてる。魔導具の一種だ。周囲の外在魔力をすこーしずつ冷気に変換してんのさ」

無色の言葉に応えるように、来夢が言ってくる。無色はなるほどと首肯した。

「そういえば魔導具って、魔術装置とは違うんですか？」

「んー……厳密に言えば、魔術装置も魔導具の一部だ。ただ一般的には、第三世代魔術の文字、図形なんかが刻まれた品が魔導具、第四世代魔術を使った電子制御のものが魔術装置って呼ばれるな。要はアナログとデジタルって考えときゃ間違いはねぇ。出力と術式の複雑さで言ったら魔術装置がダンチだが、魔導具にもシンプルゆえの強みがある。何しろ壊れにくいし、電力もいらねぇ」

「なるほど。わかりやすいです」

「は。まあ一応そっちが専門だからな」

来夢が当然というように、しかしどこか得意げに胸を反らした。

「それくらい、中等部でだって習います」

やれやれといった様子で言いながら、竜胆がクーラーボックスの中を覗き込む。

「何を作りますか？　食材は豊富なのでいろいろできると思いますけど」

「ならばカレーライスがよいのではないでしょうか。ルゥもあるようですし」

考え込むような仕草とともに言ったのは浅葱だった。竜胆が「ふむ」と腕組みする。

「カレー、ですか。ちょっと普通すぎる気もしますが……」

「普通でない料理を、この環境で、六人分作れる自信があるならばお任せいたしますが」

「……うっ」

浅葱の言葉に、竜胆は汗を滲ませた。

確かに浅葱の言うとおりである。いくら食材が豊富にあっても、無色たちがそれを使いこなせるとは限らない。下手にチャレンジして失敗するよりは、無難なメニューにしておいた方がいいだろう。その点カレーは、調理工程も比較的シンプルで、多人数にも対応しやすい。定番には定番になる理由があるのだ。

「……異存ありません。皆さんもそれでいいですか？」

竜胆が尋ねてくる。皆が了解を示すようにうなずいた。

「では、作業分担を決めましょう。何か希望はありますか？」

「あ、じゃあ俺はご飯担当で。飯盒炊爨(はんごうすいさん)って一度やってみたかったので」

無色が手を挙げながら言うと、浅葱と竜胆がぴくりと眉を動かした。

「では私もご飯担当で」

「あ……わ、私もそれでお願いします」

「ちょい待てこら」

無色に同調するように言った二人に、来夢(らいむ)が声を上げた。

「なんで五人中三人も米炊いてんだよ。カレーの方が工程多いんだから比率考えろよな。

そいつとイチャつきてえのはわかるけど――」

そんな来夢の言葉に、浅葱と竜胆は焦ったようにバッと顔をそちらに向けた。

「誤解しないでください。天地神明に誓って、私は無色さんにそのような感情などございません。本当に、本当に困るので止めてください。お家騒動になりかねません……」

「わ、私だってそうです！　変な勘繰りをしないでください！　こんな人に興味なんてぜんっぜんありませんから！」

「お、おう……そっか。ごめん……」

二人の剣幕に、来夢が気圧されるように身を反らす。

……なんだろうか。無色は彩禍一筋なので全然まったく一向に構わないのだが、ここまで強硬に否定されるとちょっぴり胸が痛むのだった。

「……二人の意志は固そうだ。悪いが無色、カレー班に回ってくれるか？」

「ああ、はい。わかりました」

飯盒炊爨に興味があったのは本当だが、確かにカレー班を多めにする方が効率がいいだろう。無色はこくりとうなずいた。

すると、浅葱と竜胆が再び眉を動かす。

「では私もカレー担当で」

「あ……わ、私もそれでお願いします」

「一体何なんだよおまえらは……」

二人の言葉に、来夢が疲れたように息を吐いた。

――結局、その後の話し合いにより、無色、浅葱、竜胆がカレー担当、涅々（ねね）がご飯担当、来夢が薪集め及び火起こしを担当する運びとなった。

石製の調理台の上にまな板を置き、水洗いした野菜を包丁で刻んでいく。

「…………」

が、なんだか妙な居心地の悪さを感じ、無色は身じろぎをした。

とはいえ、理由はわかりきっている。調理台はそれなりの広さがあるのだが、なぜか浅葱と竜胆が無色のすぐ側（そば）にまな板を置き、肩が触れあうような距離で調理を始めたのだ。

しかも何やら二人とも、隙を窺（うかが）うようにちらちらと無色の方に視線を送ってきている。

左右から響くトントンという包丁の音を聞きながら、無色は頰に汗を垂らした。

「え、ええと……二人とも、何か？」

段々と距離を詰めてくる二人の圧に耐えかね、肩をすぼめながらか細い声を上げる。

『……！』

すると浅葱と竜胆はビクッと身体（からだ）を震わせ、白々しく顔を逸（そ）らした。

「いえ、私は特に。竜胆さん、何か無色さんにご用ですか？」

「あ……や、大した用件では。浅葱先輩も何かあるのでは？」

などと、互いに牽制のような言葉を繰り返したのち、浅葱がそれとない調子で（今までの様子がおかしかったため、まったくそれとなくは聞こえなかったが）声を発してきた。

「そういえば無色さん、瑠璃様はお元気ですか？」

「え？　ああ、はい。元気にしてますよ」

「無色さんが補習で〈庭園〉を空けるとなると、瑠璃様も寂しがられたのでは？」

「どうなんでしょう。――あ、でも、寂しくないようにってお手製のぬいぐるみを渡してくれましたよ」

無色が言うと、浅葱の仮面の目がキラリと光った。ように見えた。

「ほう。なるほど。無色さんにお手製のぬいぐるみを」

「はい。二・五分の一の彩禍さんでした」

が、続く無色の言葉に、浅葱は困惑するような仕草を見せた。

「…………、それは、どういう感情なのです？」

「愛――じゃないですかね」

無色が微笑みながら言うと、浅葱は困ったように「……どちらに対する……？」と首を傾げた。

「まあでも、そのぬいぐるみはサイズが大きすぎたので、〈庭園〉を出る前に黒衣に没収されちゃったんですけど。代わりに用意してくれた手のひら彩禍さんは――」

「――あっ」

と、そこで無色の言葉に反応するように声を上げたのは、浅葱ではなく竜胆だった。浅葱が竜胆の方に仮面越しの視線を向ける。

「竜胆さん、何か？」

「あ、いえ……」

竜胆は誤魔化すように言葉を濁したが、やがて浅葱の圧に負けたように話し始めた。

「その黒衣さんって方、確か久遠崎学園長の侍従さん……ですよね？」

「そのはずですが、それが？」

「えっと、あの、あまり他言しないで欲しいんですけど……偶然見てしまったんです」

「見てしまった？　何をです？」

「……お二人が抱き合っておられるのを……」

『な……っ⁉』

囁くような竜胆の言葉に、無色と浅葱は驚愕の声を上げた。

──そういえば以前、他校の学園長たちとの会議が終わったあと、存在変換をしようとしているところを、竜胆に目撃されてしまったことがあったのだ。どうやら彼女はあの光景をしっかり覚えており、尚且つばっちり誤解してしまっていたらしかった。

「ちょ、ちょっと待ってください。本当ですかそれは」

「はい……なので、玖珂先輩から学園長のぬいぐるみを没収したというのも、もしかしたら独占欲の発露だったのでは……と思ってしまいまして」

「いや、ええと、それは」

逞しい妄想を繰り広げる竜胆に、無色は困り顔を作った。

黒衣自身が彩禍である以上、完全な誤解に他ならないのだが、なんと説明していいものかわからなかったのである。

すると浅葱が、絶望するように頭を抱えた。そのまま仮面の奥でブツブツと呟く。

「……いけません。いけませんよそれは。もしも瑠璃様の本命が久遠崎学園長で、尚且つそれを理由に振られてしまいでもしたら、当主様がどんなお顔をされるか──」

浅葱は「んきゅううう……」と狐の鳴くような声を絞り出しながら身を捩ると、やがてぎゅんと身体の向きを戻し、無色に顔を近づけてきた。

「無色さん」

「な、なんです？」

「瑠璃様とちゃんと仲良くされていますか？　私は無色さんと瑠璃様の仲を応援いたします。ええ、それはもう。なのでどうか瑠璃様をよろしくお願いします。平に。平に」

　などと、圧強めに訴えかけてくる。表情のない狐の面が妙に怖かった。

「おーい、何やってんだ？　こっちは準備できたぞ」

　と、そこで、来夢の声が聞こえてくる。

　見やると、既に来夢は竈に火を入れており、涅々は米を炊き始めていた。どうやら思いの外時間が経ってしまっていたらしい。

「あ、すみません……」

　話はあとにしましょう、というようなジェスチャーをしながら言うと、浅葱と竜胆はやや不満げな色を見せながらもそれに応じてくれた。

　切り終わった材料と水を鍋にいれて煮込み、カレールゥを割り入れる。するとほどなくして、美味しそうな匂いが辺りに漂ってきた。

「ふんふん。待ちきれぬの」

　一足早くテーブルについたエルルカが、楽しげにテーブルを叩く。

　と、そこで無色は気づいた。テーブルの上に、カレー用の皿とは別に、小鉢とカップが置いてあることに。

「こ、これは……」

「ミモザサラダだ。時間が余ったのでな」

腕組みしながら答えたのは涅々だった。

「じゃあこっちは……」

「野菜スープだ。簡単なものだが、滋養がある」

「…………」

「食後にプリンもあるぞ」

言いながら、クーラーボックスからお手製と思しきプリンを取り出してみせる。

あまりの至れり尽くせりっぷりに、なんだか申し訳なくなる無色だった。

ちなみに、無色たちの作ったカレーも普通に美味しかったのだが、涅々の手料理はちょっとレベルが違った。

特にプリンは絶品で、竜胆と浅葱は食事のあと、涅々にレシピを聞いていた。

◇

昼食後。無色は丹礼島の北西部に位置する湖へとやって来ていた。

広い湖だ。無色の位置からでは、対岸の様子はほとんど見えない。湖畔には針葉樹が並び、背景の山々とともに、穏やかな水面にその姿を映していた。

一見すれば風光明媚な避暑地といった風情である。夏場は観光客たちで賑わうだろう。

——無論、ここが普通の場所であればの話ではあるが。

無色は手にしたスマートフォンの画面をちらと見やった。

表示されたマップの色は——黄色。

そう。美しい風景とは裏腹に、この場所は警戒区域のど真ん中だったのである。

改めてそれを認識すると、静謐を湛える湖の水面が、途端に不気味に思えてきた。どれほどの水深があるのかはわからなかったが、当然底などは見えようがない。それはすなわち、中に『何』が隠れていても不思議ではないことを示していた。

「……みんな、まだかな」

一人で湖畔に佇んでいるのが不安になって、無色はちらと後方を見やった。

そこには、簡易的な天幕のようなものが二つ、張られていた。ビニールシートを使って作った急造の更衣室である。今日は湖の調査をする方針だったのだが、さすがにキャンプ地から湖まで水着で歩くのは厳しいということで、ありものの素材で近くに着替え用スペースを設営していたのだ。

ちなみに無色は、いち早く着替えを済ませていた。今はトランクスタイプの水着に、サンダルを身に着けている。顕現術式補助用のリアライズ・デバイスは、短めのストラップで腰に括り付けてあった。

「——お待たせしました」

と、無色が心細く一人立ち尽くしていると、やがてそんな声が聞こえてきた。

見やると、スポーティーな白の競泳水着に身を包み、髪をアップに纏めた浅葱がそこにいることがわかる。細身ながらもしなやかな筋肉の備わった身体は、無色の妹・瑠璃のそれを思わせた。彼女の出自を思えば当然のことではあるのだが、思わず凝視してしまう。

「何か？」

「あ、いや……仮面は着けたままなんだなって」

無色は誤魔化すように言った。実際浅葱は、普段よりだいぶ涼しげな装いになってはいるものの、顔は狐の面で隠したままだったのである。

「ええ、まあ。普段は『職場』に似た人間が多いもので」

生真面目な彼女のことだ。別に冗句や諧謔で言っているのではないだろうが、なんだかその物言いが妙に可笑しくて、無色は思わず頬を緩めてしまった。

「ここは〈方舟〉じゃないんだし、別に外してもいいんじゃないかと思いますけどね」

「そうかもしれませんが……」

無色が言うと、浅葱は恥じ入るように肩をすぼめた。

「普段人前で仮面を外すことがないもので、正直恥ずかしいと申しますか」

「そうなんですか？」

「首から下全裸とどちらか選べと言われたら、ちょっと悩むかもしれません……」

「そんなレベル」

浅葱の言葉に、無色は額に汗を滲ませた。

……今から二ヶ月ほど前、とある事件で〈方舟〉に赴いたとき、図らずも浅葱の仮面を割って、中の顔を見てしまったことがあるのだが……あれは浅葱的には全裸に剝かれるのと同じような感覚だったのだろうか。今さら罪悪感が芽生えてきた無色だった。

まあ、あのときは非常時であったし、彩禍の身体でもあった。何より浅葱は気を失っていたので、あまり蒸し返さない方がよいだろう。

と、そこで無色は気づいた。女子用簡易更衣室の入り口から、竜胆が顔を覗かせていることに。

「あれ？　何してるの？」

「…………！」

無色が問うと、竜胆はビクッと肩を震わせたのち、意を決したようにうなずいて、簡易更衣室から歩み出てきた。

竜胆も浅葱と同様、学園指定と思しき水着を身につけている。こちらはオレンジのセパレートタイプで、どことなく陸上のユニフォームのような風情があった。

「あ、〈楼閣〉中等部はそういうデザインなんだ。可愛い」

「かっ、かかかかか……!?」

無色が素直な感想を述べると、竜胆は今にも煙が噴き出しそうなほどに顔を真っ赤に染めた。

するとそんなやりとりを見てか、浅葱が無色の方に、狐の面の細い目を向けてくる。

「……無色さん、もしやいつもそういう感じなのですか？」

「そういう感じ？」

「いえ。別に構わないのですが。ただ瑠璃様の前で、別の女性を褒めたりはしていないでしょうね？」

「彩禍さんの素晴らしいところで古今東西ならよく一緒にしてますけど……」

「…………」

「ちなみに瑠璃は超強いです」

「……そうですか」

無色が言うと、浅葱は腕組みしながら顔を俯(うつむ)かせた。仮面のため表情は見取れなかったが、ものすごく困った顔をしているであろうことはなんとなく予想が付いた。

が、浅葱のそんな姿勢もすぐに崩れることとなった。

バサッと天幕を翻(ひるがえ)す音が聞こえてきたかと思うと、漆黒のビキニを纏った涅々(ねね)が姿を現したのである。

『お……おお……ッ……』

それを見て、無色と浅葱と竜胆は、戦慄と感嘆の入り交じったような声を漏らした。

制服から覗く手足から、なんとなく予想はしていた。けれど、こうして実物を拝むと、その想像が如何(いか)に貧困であったかを思い知らされる。極限まで鍛え抜かれた美しい肉体。小麦色の肌が筋肉の陰翳(いんえい)をより際立(きわだ)たせ、彼女という存在を一個の芸術作品のように見せていた。

「どうした」

無色たちが呆然(ぼうぜん)と佇んでいると、涅々が不思議そうに問うてきた。

皆が小さく肩を揺らす中、竜胆が目を泳がせながら言葉を継ぐ。

「い、いえ……その、学校指定の水着ではないのですね……？」

言われてみればその通りだった。いや、正確に言うなら無色は〈霊峰〉の指定水着のデザインを知らなかったのだが、まさか涅々が今纏っているような大胆な黒のビキニが学校指定ということはないだろう。

すると涅々は、その疑問も当然というように首を前に倒してきた。

「合うサイズがなくてな」

『あー……』

凄まじい説得力だった。無色たちは心からの納得を示すようにうなずいた。

と、そこで後方の男子更衣室の方から、最後の一人、来夢の声が聞こえてくる。

「──お、なんだ。もう全員集まってたか。わりわり、ちょっと手間取っちまってよ」

「ああ、来夢さ──」

無色はそちらに顔を向け──身体の動きを止めた。

否、無色だけではない。浅葱も、竜胆も、普段は泰然とした涅々までもが、目を丸く見開いている。

理由は単純。来夢が纏っていたのが、無色と似たようなトランクスタイプの水着一枚だったのである。

いや、冷静に考えれば別におかしなことは何もないのだ。来夢は男子生徒であり、男子用の水着を着ているだけなのだから。

しかし、首から上が美少女過ぎて、皆の脳がバグを起こしてしまっていた。来夢の小柄な体軀や白い肌、ぷにぷにの手足などが相まって、なんだか見てはいけないものを見ているような感覚に陥ってしまう。

「な……ッ、なななななんて格好されてるんですか！　破廉恥な！」

「無色さん。見てはいけません。無色さん」

「……服を貸そう」

「いやなんでだよ」

皆の反応に、来夢が眉根を寄せながら困惑したように汗を垂らす。

とはいえ皆の動揺は凄まじく、結局来夢はなんだか腑に落ちないような顔をしながらも、一度簡易更衣室に戻り、薄手のタンクトップを着て出てきた。

それでもだいぶ刺激的な装いであるが……まあ先ほどの姿よりはマシだろう。

「ったく、面倒くせえな」

来夢はしばしの間、タンクトップの首元を引っ張って中に風を送っていたが、やがて気を取り直すように皆の方に視線を向けた。

「まあいい、それより作戦の説明に入るぞ。今日の獲物は、ずばり〈ケルピー〉だ」

無色が問うと、浅葱が小さくうなずいてきた。

「湖や泉に出没する、馬のような姿をした水精ですね。一般人ならともかく、魔術の心得があれば、危険度はそれほどではありません」

「なるほど……」

無色が納得を示すように言うと、来夢が言葉を続けた。

「だが、その角は魔導薬の他、魔術装置（ソーサリーデバイス）の基板の材料にもなる。取得難度に比べて素材評価が高いモンスターだ。狙わない手はないだろ？」

言って、来夢がニッと唇を笑みの形にする。なるほど、わざわざ水着を持参してまで湖にやって来た理由がわかった。

と、そんな言葉に応ずるように、不意に上方から声が聞こえてきた。

「――ほう。いいところに目を付けたな。どれ、せっかくじゃ。わしも水浴びがてら見学させてもらうとするかの」

エルルカの声だ。どうやら無色たちのあとを追ってきたらしい。

とはいえ当然といえば当然ではあった。彼女は今回の補習の監督役である。万一の事態に備えて目を光らせておくのは、何も不思議なことではない。

だが。

『——うわあああああああああああああああああああああああああああああああああああぁぁぁぁぁぁぁぁぁぁ——————ッ⁉』

声の方向に視線を向けた無色たちは、思わず絶叫を上げてしまった。

しかしそれも無理からぬことである。

エルルカは無色たちの後方に聳える岩場の上に仁王立ちしていたのだが——

その身に、一切の衣服を纏っていなかったのである。

普段から露出度の高いインナーウェアに白衣を引っかけているだけのエルルカであったが、今はそれすら見受けられない。完全なむきだし状態だった。先ほどの来夢どころの騒ぎではない。

だというのに当のエルルカは、それを恥ずかしがるどころか、むしろ堂々たる様で胸を張っている。太陽を背に負っているためか、激しい光が股の間で燦然と輝いていた。

「——フンッ！」

硬直する皆の中、いち早く動いたのは涅々だった。目にも留まらぬ速さで岩肌を駆け上がると、途中更衣室の中からピックアップしていたバスタオルをエルルカ目がけて投げつける。

「わぷっ！　何をするのじゃ」

「そ、それはこっちの台詞です！　な、ななななんで服を着ていないんですか！」

不服そうなエルルカの声に応えたのは、涅々ではなく竜胆だった。顔を真っ赤にしながら、悲鳴じみた声を上げる。

「なぜ……？　水浴びのときは服を脱ぐものじゃろう。ぬしらも脱いでおるではないか」

「み、水着くらい着てください！　男性もいるんですよ⁉」

「わしは別に気にせぬが……」

「こっちが気にするんですっ！」

竜胆が喉を擦り切らせるように絶叫する。全身に力が入っているからか、背は弓なりに反り、握られた拳はぷるぷると震えていた。

「むう。瑠璃のようなことを言うやつじゃのう。やれやれ……」

エルルカは渋々といった様子で岩場の陰に引っ込むと、やがて再び姿を現した。

今度はその身に、地味なワンピースタイプの水着を纏っている。色は紺色で、胸元に縫い付けられた名札に『えるるか』とひらがなで書いてあった。所謂クラシックタイプのスクール水着である。白衣を除けば普段着より露出度が低いのがなんだかシュールだった。

「これでよいか？」

「……は、はい」

竜胆はいろいろと言いたいことがあるように手を戦慄かせていたが、とりあえず水着を着ているだけマシと判断したのだろう。諦めたように首を前に倒した。

エルルカがやれやれと頭をかきながら、岩場から滑り降りてくる。

「水着というやつは、水を吸うと身体に張り付く感じがしてどうも好かん。よくこのようなものを着ながら水に入ろうなどと思えるものじゃ」

「……じゃあなんで持ってるんです？」

「〈庭園〉を出る前に、瑠璃と黒衣に無理矢理荷物に詰め込まれての」

「…………」

瑠璃と黒衣のファインプレイに、無色は思わずぐっと拳を握っていた。

同様のことを思ったのだろう。隣では浅葱が無言で手を合わせていた。

と、そこで無色の二の腕がちょいちょい、とつつかれる。――来夢だ。

「……なあ、見えたか？」

「……や、逆光だったのであまりよく」

「だよなあ。もったいねえ」

どこか残念そうに来夢が言うが、浅葱のわざとらしい咳払いを聞いてか、誤魔化すように口笛を吹いた。

「まあ、なんだ。とりあえず始めようぜ」

来夢が湖の方を指さしながら言う。他の面々もそれに異存はないらしい。小さくうなずいて湖の方へと向かった。

「ありがたいことにボートが二艘ある。前衛と後衛に分かれるぞ。近接戦が得意な奴はいるか？」

来夢の問いに、浅葱、竜胆、涅々は一瞬視線を交わしたのち、すっと手を挙げた。

無色も数瞬考えを巡らせたのち、そろそろと挙手する。まあ無色の場合近接戦が得意というより、遠距離戦が苦手といった方が正しかったかもしれないけれど。

「さすが」

来夢がヒュウ、と感心するように口笛を吹く。

「じゃあそっちのボートが前衛組だ。女子たちはそっちに乗ってくれ。無色は俺と一緒にこっちのボートで後衛だ」

「無色さんも手を挙げられていたようですが」

「馬鹿野郎、俺を一人にするつもりか。自慢じゃないが弱いぞ俺は」

「…………」

本当に自慢できるようなことではなかった。浅葱がぽりぽりと頭をかく。

しかし来夢は気にする様子もなく言葉を続けた。

「とにかく、作戦を説明するぞ。まず前衛ボートが湖中央に先行、〈ケルピー〉を誘い出してこれを討つ。後衛ボートは万一の事態に備えて離れた場所に待機だ」

「それだと後衛が必要ないように思えるが」

涅々(ねね)が腕組みしながら言う。竜胆と浅葱も賛同を示すようにうなずいた。

「それはおまえ、何が起こるかわかんねーだろうが。戦力の分散は基本だよ基本」

「…………、まあいい」

涅々は短く言うと、岸に繋(つな)がれていたボートに乗り込んだ。来夢の策に納得したというよりも、いろいろと言いたいことはあるが、結局自分が行った方が早いと判断したような様子だった。

「では、お先に」

「後方は任せます、無色さん」

竜胆と浅葱もまた、ボートに乗り込む。

するとそれを確認したのち、涅々がボートに繋がれていたロープを解き、備え付けられていたオールを両手に構えた。

「ふんっ！」

瞬間、彼女の背中の筋肉が大きく隆起したかと思うと、オールが高速で回転し、激しい水飛沫を上げてボートが水面を滑るように進んでいった。

凄まじい速度である。みるみるうちにボートの姿が小さくなっていく。無色は慌ててもう一艘のボートを指さした。

「来夢さん、俺たちも」

「おう。まったく追いつける気しねえけど――」

と、来夢がそこで、目を見開きながら言葉を止めた。

不思議に思い、来夢の視線の先を見やる。

すると、涅々たちの乗ったボートの周囲の水面が、まるで意思を持ったようにボコボコと脈打っているのが見て取れた。

「あ――もしかして、あれが〈ケルピー〉ですか？」

「いや、違う。あれは……！」

来夢が叫びを上げた、次の瞬間。

湖面が大きく膨張したかと思うと、涅々たちの乗ったボートが空高く吹き飛ばされた。

「な……っ⁉」

無色は、突然の事態に息を詰まらせながら、湖面にあるものを見ていた。

膨張した水が、湖の中に戻ることなく湖上でうねったかと思うと、粘土細工の如(ごと)くその形を変えていったのである。

水浴びをする乙女の上半身を模したような、優美な形。まあそのサイズは、乙女というにはあまりに巨大すぎたのだけれど。

「〈ウンディーネ〉だと……⁉　なんでこんなところに！」

来夢が驚愕(きょうがく)の声を上げる。

それに触発されたわけではないが、無色は半ば無意識のうちに、手にしていたスマートフォンのカメラを、その水の化生(けしょう)に向けていた。軽快な効果音とともに、アプリの画面に文字列が表示される。

【〈ウンディーネ〉。取得難度8／素材評価7。水晶案の原料】

「……⁉」

その取得難度と素材評価の値に、思わず目を剝(む)く。明らかに、こちらが想定していた獲物のそれを上回っていた。

加え、ボートに乗っていた前衛隊は、その船体とともに空中に身体を投げ出されてしまっている。待ち受けるのは、巨大な水の化生が支配する湖面である。まさしく絶体絶命の状況であった。

とはいえ彼女らも（補習を受けているとはいえ）魔術師である。空中に投げ出されながらも、冷静に状況を把握し、各々行動を開始した。

「【隕鉄一文字】！」

「――【烈煌刃】」

竜胆と浅葱が、同時に第二顕現を発現。双方空を蹴るようにして体勢を整える。

浅葱の動きが、身体の周囲に空気の膜を精製するエアリアル・デバイスによるものであるのに対し、竜胆のそれは、まるで身体にかかる重力が消失したかのような、なんとも不可思議なものだった。もしかしたら彼女の術式に関係があるのかもしれない。

そして二人はそのまま、空中で交差するようにして〈ウンディーネ〉の身体を斬り付けた。

竜胆の握る鋼の刃が右袈裟から、浅葱の持つ鬼火の刃が左袈裟から、巨大な水の身体を断つ。〈ウンディーネ〉が身体を仰け反らせ、甲高い咆哮を上げた。

「第一顕現――【拳魂一擲】」

しかし、それで終わりではない。〈ウンディーネ〉が仰け反った先には、転覆したボートの船底に着地した涅々が、腰を低く落とし、拳を構えていた。

「破ッ！」

裂帛の気合いとともに、涅々が魔力を纏わせた右正拳突きを繰り出す。

周囲の空気が震えるほどの衝撃とともに放たれたそれは、〈ウンディーネ〉の頭部を粉々に破砕した。

それを見てか、来夢が声を弾ませる。

「ヒュウ！　なんだよ、楽勝じゃねえか！」

「いや、まだじゃ」

そう言ったのはエルルカだった。水着と肌の間を痒そうにかきながら、微かに目を細めてみせる。

するとそれに合わせるように湖面が脈打ったかと思うと、バラバラに飛び散ったはずの〈ウンディーネ〉が、再度その姿を現した。

「――――!?」

否、それだけではない。〈ウンディーネ〉は湖面から水の触手を伸ばすと、空中にいた竜胆と浅葱、そしてボートの船底に立っていた涅々を瞬時に搦め捕ってしまった。

彼女らの身体に水が纏わり付き、層を成す。皆なんとか脱出しようと第二頭現や手足を動かしていたが、水の層はそれに合わせるように柔軟に蠢き、その衝撃を吸収していた。

その様は、まさに水の檻。絶望的な光景を目の当たりにし、先ほどまで勝ち誇っていた来夢が顔面を蒼白にした。

「な、なんだよあれ！　俺あんなん相手にできねぇぞ⁉」

「一体、どうすれば――」

「――狼狽えるな」

動揺する来夢と無色にそう言ったのは、やはりエルルカだった。

手助けするつもりがないことを示すように湖畔に腰掛けながら、続ける。

「落ち着いて相手を見定めよ。平静を失っていては、勝てるものも勝てなくなるぞ。――ぬしは彩禍から何を学んだのじゃ？」

最後の一言が、無色に向けられているものであることは明白だった。突然出された彩禍の名に、小さく息を詰まらせる。

「彩禍さんから――」

言われて、無色は心を落ち着けるように細く息を吐いた。

すると、とあることに気づく。――浅葱たちを捕らえた水の檻の周囲に、微かな光が見受けられることに。

間違いない。微弱ではあるが、魔力の光だ。それを認識した瞬間、無色の目は、〈ウンディーネ〉の身体も同様に、魔力を帯びていることに気づいた。恐らくあの水の身体は本体ではない。魔力で水を操っているような状態なのだ。

そして、魔力によって水の形を保っているということは──

「──行きましょう、来夢さん。もしかしたら、みんなを助けられるかもしれない」

「……は⁉」

無色の言葉に、来夢が意外そうに声を裏返らせる。

しかし、無色の決意に染まった双眸を見てか、やがて汗を滲ませながらも真剣そうな表情を作ってきた。

「何か考えがあるんだな？」

「はい。でもそのためには、至近距離まで行かないと」

言いながら、ボートを見やる。

「今から船漕いでたんじゃ間に合わねえだろ」

しかし来夢は大仰に頭を振ると、大きく右手を掲げた。

「第一顕現──【空幻軌】」

来夢がその名を唱えた瞬間、彼の右手人差し指に沿うような形で、輝く界紋が一画、現れる。

「自慢じゃねえが、俺の第一顕現はただ光の軌跡を空間に残すだけのしょっぽい代物だ。だがな——」

来夢は無色の足元に屈み込むと、光を湛えた指先で、無色の足の周囲に文字のようなものを書き込んでいった。

「俺は魔導技師。文字を構成式とする第三世代魔術をその場で編むことができる！」

「…………！」

無色は目を見開いた。来夢の刻んだ文字が輝きを放つと同時、無色の足を不可思議な浮遊感が包んだのである。

「走れ！　真っ直ぐだ！」

「はい！」

無色は短く答えると、サンダルを脱ぎ捨て、来夢の指さす方向——〈ウンディーネ〉と浅葱たちのいる場所目がけて地を蹴った。

必然、無色は湖に飛び込むような格好になったが、不思議と恐怖感はなかった。

無色の足が水に触れようとした瞬間、足の周囲に刻まれた文字が光を放ち、無色の足と湖面を反発させるかのように弾いたのである。

まるで、弾性に富んだトランポリンの上を跳ねるかのような調子で、無色は水面を進んでいった。

〈ウンディーネ〉もそれに気づいたのだろう。無色を警戒するように巨体を蠢かせ、水の触手を放ってくる。

無色は湖面の上を飛び跳ねながら、意識を集中させた。

そして唱える。己の分身。〈物質〉の位階に座す第二顕現の名を。

「第二顕現――【零至剣(ホロウ・エッジ)】!」

瞬間、無色の頭上に二画の界紋が、右手に硝子(ガラス)の如き透明な剣が現れる。

無色は足元の反発を利用するように高く跳躍すると、空中で身体を捻(ひね)り、迫り来る水の触手に斬り付けた。虚空(こくう)に激しい飛沫が舞い、水の触手が霧散する。

そこまでは先ほどの浅葱たちと同じだ。だが〈ウンディーネ〉は気づいただろうか。その水の触手が、いつまで経(た)っても再生しないことに。

そう。無色自身、原理や理由すらわかっていなかったが、無色の第二顕現【零至剣(ホロウ・エッジ)】は、その刃によって切り裂いた魔術を消し去る力を有していた。

魔術師の発現した顕現体でさえも消去する以上、水の形を保つ魔力の膜も例外ではないのではないかと考えたのである。

果たして、期待通りの結果は眼前に示された。異常に気づいたらしい〈ウンディーネ〉

が巨体を揺らし、次なる攻撃を放とうとしてくる。

だが、遅い。無色はもう一度大きく跳躍すると――

「おおおおお――ッ！」

【零至剣(ホロウ・エッジ)】の透明な刃で以(もっ)て、〈ウンディーネ〉の巨体を切り裂いた。

〈ウンディーネ〉の身体を保つ魔力の膜が掻(か)き消え、枷(かせ)を失った膨大な量の水が湖面になだれ落ちる。凄(すさ)まじい水柱が屹立(きつりつ)し、穏やかであった湖面を激しく揺らした。

同時、竜胆(りんどう)と浅葱、そして涅々(ねね)を包む水の檻もまた、コントロールを失ったかのように弾(はじ)け飛ぶ。不自然な状態で息を止めていたであろう竜胆が、激しく咳(せ)き込んだ。

「けほ……っ、けほ……っ！」

「大丈夫ですか、竜胆さん」

同じく水の檻から解放された浅葱が、竜胆を助け起こす。こちらはエアリアル・デバイスを用いていたからか、檻の中でも最低限呼吸ができていたようだ。

「――まだだ。油断するな」

と、そこで涅々の声が響いてくる。

彼女は呼吸一つ乱さぬまま、先ほどまで〈ウンディーネ〉の巨体があった場所を睨(にら)み付けていた。

その視線を追い――無色は「あ」と目を丸くした。

先ほどまでは分厚い水の層に包まれていて気づかなかったが、そこに、刺々(とげとげ)しい形をした水晶のようなものが浮遊していたのである。

「あれは――」

「恐らく、〈ウンディーネ〉の核だ。あれが水を纏い、巨体を形作っていたのだろう」

涅々が言うと、まるでそれを聞いたかのようなタイミングで、浮遊していた〈ウンディーネ〉の核が湖面目がけて落ちていった。

「まずい。水の中に入られるぞ」

「く……っ!」

無色は顔をしかめると、足を縮め、再び跳躍した。

無色の魔術は相手の意表を突くことに特化しているといっても過言ではない。〈ウンディーネ〉にどれほどの知能があるのかは未知数だったが、再び水の身体を形成されたら厄介なことになるだろう。

否、それどころか、このまま逃げられてしまう可能性さえあった。一気に勝負を決めるべく、【零至剣(ホロウ・エッジ)】を振り上げる。

しかし、間に合わない。無色の剣が届く前に、〈ウンディーネ〉の核は湖面に消えようとした。

が。

「え？」

その寸前、どこからか光の矢のようなものが飛んできたかと思うと、〈ウンディーネ〉の核を刺し貫いた。

耳障り(みみざわ)りな甲高い音を残し、核が弾ける。水晶の如(ごと)きその身体は、無数の砕片となって、辺りに降り注いだ。

「今のは……」

無色が呆然(ほうぜん)とした調子で呟(つぶや)くと、それに応えるように、後方から声が響いてきた。

「大当たり！　ってな」

見やると、無色と同じように水面に立った来夢(らいむ)が、矢を放ったあとのようなポーズを取っていることがわかる。彼の手には、光で綴(つづ)った文字が複雑に絡みついている。恐らく、その場で遠距離攻撃の構成式を編み、〈ウンディーネ〉の核を攻撃したのだろう。威力はさほどでもないようだったが、水の膜に守られていない核には十分だったらしい。

「――はっは！」

来夢は手から光の文字を消すと、そのままトランポリンの上を弾むように、無色に飛びついてきた。

「なんだよやるじゃねえかルーキー！　素材評価7の大金星だ！」

「わぷっ！　こ、こっちこそ、ありがとうございます。助かりました」

「何言ってやがる水臭え！　この！　このこの！」

来夢が上機嫌そうに言って、無色の身体に足を巻き付けながら、無色の頭をわしわしと撫でてくる。

するとそれを見てか、竜胆が何やらおずおずと声を上げてきた。

「あ、あの」

「ん？　どした？」

「なんというかその……公衆の面前でそういうのは止めた方がよいかと……」

言って、頬を赤くしながら視線を逸らす。

浅葱も、果ては涅々までもが、

「……よ、よくないと思います……」

「むう……」

と、何やら気まずそうにしていた。

来夢はしばしの間キョトンとしていたが、やがて竜胆の言葉の意味を理解したように眉根を寄せた。

「どういう意味だよ⁉ サッカーでゴール決めたときみてぇなもんだろが！ なあ無色！」

「……ソウデスネ」

「いやなんでおまえまで片言⁉」

来夢が愕然とした様子で悲鳴じみた声を上げる。……来夢には悪いが、水に濡れた彼の姿は、本人の意思とは裏腹に極めて官能的だったのである。こんな姿で組み付かれているものだから、正直無色もちょっと照れてしまった。

と、来夢が不満げに唇を尖らせていると、湖畔の方からエルルカの声が聞こえてきた。

「――なんでもよいが、〈ウンディーネ〉の核は拾い集めなくてよいのか？」

「あ」

言われて、無色は湖面に視線を向けた。

バラバラになった核の破片が、ぷかぷかと浮き沈みを繰り返していた。ただでさえ透明な核である。湖の底に沈んでしまったなら、拾い集めることは困難だろう。

無色たちは勝利の余韻に浸る間もなく、慌てて核の回収に取りかかった。

◇

「――いい森だ」

夜空の下。木々のざわめきを聞きながら、女は誰にともなく呟いた。

それは偽らざる本音であった。他の場所では見受けられないような生物や植物が息衝く奇妙な環境ではあったが、不思議と空気が身体に馴染んだ。人の手があまり入っていない――否、もっと正確に言うのなら、かつて人の営みがありながらも、長い時を経てそれを呑み込んでしまったかのような力強さが感じられる。

――自分がそう思っているということは、『奴』も恐らく同様だろう。

女は脳裏に生じたそんな思考に、途方もない苛立たしさと奇妙な郷愁を覚えた。

「族長」

「なんだ」

そこで声をかけられ、女は短く答えた。

別段そちらを見やることもない。けれど、周囲に幾つもの呼吸があることは、視覚に頼らずとも感じ取れた。皆、自分に付き従う同胞たちだ。

「敵の存在を確認しました。情報に間違いはなかったようです」

「そうか」

言いながら、女は小さく吐息した。こんな孤島まで足を運んでおいてなんだが、今回一番の懸念点はそこだった。仮に利害が一致していたとして、あの鴇嶋喰良とかいう女が本当のことを言っている保証はなかったのである。

「こちらの存在は気取られなかっただろうな」

「はい」

同胞の言葉に、女は思わず鼻を鳴らしそうになってしまった。――貴様が確認できているというのに、『奴』が気づいていないはずがないだろう。

「……何か？」

「いや」

女は目を伏せると、大きく深呼吸をしたのち、言葉を続けた。

「――よろしい。機は熟した。ここは我らのための舞台だ」

女が言うと、周囲に集った同胞たちの匂いが、興奮の色を帯びた。

「決行は明日。悲願成就の時が来た。研ぎ上げた牙を、奴の肉に突き立てろ」

『――はっ』

女の声に呼応するように、同胞たちの声が響く。その反応一つで、そこに居並ぶ者たちが、完璧に統率された一団であることが知れた。

「——ところで、族長」

「なんだ」

「あの女から受け取ったという小箱は、いかがするおつもりで」

「小箱……ああ——」

言われて、女は思い出したように、荷袋から怪しげな箱を取り出した。

しかし、しばしののち。

「くだらん」

女は吐き捨てるように言うと、箱を地面に放った。

「奴は我らの獲物。如何(いか)な小細工を詰めたのか知らぬが、不純物に過ぎぬ」

「は」

同胞が短く答えてくる。その声音に、不満そうな色は感じ取れない。むしろその答えをこそ待っていたというような調子だった。

「行くぞ。ついてこい」

「御意」

女は同胞を伴い、暗い森の中を駆けていった。

――星と月以外に明かりのない闇の中。

打ち捨てられた小箱の隙間から、きらきらと光る粒子が漏れ出ていたことに気づく者は、一人もいなかった。

第三章　色に染まりし女童（めのわらわ）

目の前に広がっていたのは、ひたすらに真っ暗な空間だった。

「…………」

一瞬、普段の部屋と異なる景色や、上手（うま）く動かない手足に違和感を覚えるが、ぼんやりとした意識が実像を結んでいくと同時、自分の置かれた状況が思い出されてくる。無色は数度目を瞬（まばた）かせたのち、凝り固まっていた身体をほぐすように背を反らせた。

そう。今無色が寝ているのは、〈庭園〉寮の部屋ではなく、丹礼島（にらいとう）のキャンプ地に張られたテントの中だったのである。手足が思うように広げられないのも、別に拘束されているからではなく、寝袋に入っているからに他ならなかった。

無色は寝袋から腕を抜くと、枕元に置いていたスマートフォンを手探りで見つけ出した。画面を軽くタップし、画面を点灯させる。

表示された時間は、午前二時三〇分。草木も眠る丑三つ時（うしみつどき）だ。

いつもよりだいぶ早めに就寝したからか、夜中に目が覚めてしまったようだ。まあ、あまりに普段と環境が違うため、身体が慣れなかったというのもあるかもしれなかったけれど。

どちらにせよ、起きるには少々早すぎる時間である。明日――正確には既に今日だが――の活動に備えて身体を休めようと、無色は再度寝袋に腕を収めた。

「……ん？」

が、そこで無色はぴくりと眉を揺らした。

理由は単純。テントの外から、何やらカサカサという物音が聞こえたのである。

風が草木を揺らす音かとも思ったが――違う。その音は少しずつ、しかし確実に、無色のテントに近づいてきたのだ。

「な、なんだ……？」

無色は眉根を寄せながら呟くと、寝袋から出て身体を起こした。

脳に緊張が走り、半ば微睡んでいた意識が一瞬で覚醒。音の主の正体を推測し始める。

野生動物――ではないだろう。このキャンプ地は比較的安全な青色エリアの中心部であるし、何よりテントの表面には簡単な認識阻害処理が施してあるという話だ。無論それを飛び越えてくる生物がいないという保証はないが、可能性はそう高くあるまい。

だとするなら、無色と同じくキャンプ地にいる誰かだろうか。たとえば無色に何らかの用事があるとか、借りたいものがあるなどして、補習仲間の誰かがテントを訪ねてくる……これは考えられなくもない話だった。

無色は渇く喉を唾液で湿らせてから、恐る恐る声を発した。

「誰かいるんですか？　俺に何か……？」

しかし、しばし待っても返答はなかった。

さりとて音の主は、その場から逃げ出すでも、無色に気づかれたことに動揺するでもなく、なおもテントに近づいてくる。

無色は来訪者の意図がわからず、ランタンの明かりを灯して視界を確保しつつ、いつでも魔術が発現できるように意識を集中させた。

やがて、音がテントの目前まで迫ったかと思うと、ゆっくりとテントの入り口のファスナーが開かれていった。

「…………、――――」

どくん、どくんと、心臓が大きく脈動する。

一体何者がやってきたのか。正体不明の来訪者に、息がどんどん荒くなっていった。

しかし。

「――へっ⁉」

次の瞬間、無色は自分の喉から素っ頓狂な声が漏れるのを聞いた。

だがそれも当然と言えば当然のことではあった。

何しろ、開かれたテントの入り口から、白くたおやかな手が覗(のぞ)いたかと思うと――その身に白衣一枚のみを纏(まと)った半裸の女性が、四つん這(ば)いのような格好で、テントの中に入り込んできたのである。

「えっ……、は……!?」

意味がわからず、無色は目を白黒させた。

年の頃は二〇代半ばといったところだろうか。ぞっとするような美女だ。どこか野性味のある双眸(そうぼう)が、悪戯(いたずら)っぽく笑みの形に歪(ゆが)められている。

手足は長く、かなりの長身であることが窺(うかが)える。四つん這いになっていなければ、無色よりも上背(うわぜい)があるやもしれなかった。全身がしなやかな筋肉に覆われているが、さりとて胸元は胸筋に引き絞られているわけではないようで、彼女がゆっくりと身体を揺するたび、二つのたわわな果実が妖しげに揺れている。

だが、もっとも目を引く箇所は他にあった。――頭部と、臀部(でんぶ)だ。

そう。彼女の頭部には狼(おおかみ)を思わせるピンと張った耳が、臀部には大きな尻尾が見受けられたのである。

つまり、今起こっていることを要約すると——

夜中、テントに、半裸の犬耳美女がやってきたのだ。

「…………」

要素を抜き出し羅列すると、なんだか頭が痛くなってくる無色だった。

……いくらなんでも現実感がなさすぎる。よもや、長い寮生活の中で衝動が溜まりすぎていて、淫夢でも見てしまっているのだろうか。無色は半ば無意識のうちに自分の頬を抓っていた。しっかり痛かった。

と、無色が困惑していると、美女はぺろりと唇を舐めながら微笑んだ。

「——ふふ、起きておったか。ちょうどいい。寝込みを襲うのも嫌いではないが、やはり反応がなければつまらぬでな」

そしてそう言って、四つん這いのまま身体を揺らすようにして、無色の方に近づいてくる。

「な……！」

無色はビクッと肩を揺らすと、それから逃れるように後ずさった。

しかし、狭いテントの中である。無色はすぐに逃げ場を失うと、美女に押し倒されるような格好で仰向けに転がされてしまった。

「ふふ、捕まえたぞ。さて、どこから味わってくれようかの──」

無色の身体に覆い被さりながら、美女がもう一度唇を舐める。頬は紅潮し、呼吸は荒い。ランタンの光に照らされた肌は、汗でてらてらと輝いていた。

そのなんとも言えぬ淫靡な様に、思わず息を詰まらせてしまう。先ほどまでとは違う動悸が、無色の身体を内側からノックした。

しかし、いつまでもされるがままでいるわけにはいかない。無色は美女を押し退けるように手を突っ張った。──無論、胸元には触れぬようにして。

「あ、あなたは一体誰なんですか！　なんでいきなりこんなことを……！」

無色が顔を真っ赤にしながら叫ぶと、美女は不思議そうな表情を作った。

「誰、とは奇妙な問いじゃの。それともまだ寝惚けておるのか？　落第から救ってやった恩人の顔を忘れるとは、不義理なやつじゃ」

「落第から……って──」

言われて、無色は目を丸くした。

頭の中で、幾つもの要素が連なっていく。──白衣。喋り方。髪の色。唇を舐める癖。

そして、今の言葉。

「まさか……エルルカさん⁉」

「何を驚いておる。当然じゃろうが」

「いや全然違うじゃないですか⁉」

平然と言ってのける美女――エルルカに、無色は悲鳴じみた声を上げた。

体格も、年齢も、普段のエルルカとは違い過ぎた。一目で見抜けというのは無茶な話である。

「なんでそんなことになってるんですか⁉　っていうか一体何を……⁉」

無色が問うと、エルルカは何かを思い起こすように目を細めながら続けた。

「気づいておったか？　今宵（こよい）はなんとも見事な満月じゃ」

「そ、そうなんですか？」

「うむ。これは風流と思い、一人で月見酒と洒落（しゃれ）込んでおったのじゃが――」

「じゃが……？」

「なんだかむらむらしてきての」

「一足飛び過ぎません⁉」

行動の理由もわからないうえ、変身に関しては何も説明されていなかった。思わず声を裏返らせる。

しかしエルルカはさして気にした風もなくカラカラと笑った。

「まあ、細かいことはよいではないか。それよりも――」

言いながら、ぐいと体重をかけてくる。

「どうじゃ？　のう。ぬしも嫌いではなかろう？」

そして淫蕩な笑みを浮かべ、無色に顔を近づけてくる。無色は必死に抵抗した。

「だ、駄目です！　やめてください！　俺には心に決めた人が……！」

「うん？　なんじゃ、好いておる者がおるのか。誰じゃ？」

無色の言葉に、エルルカが小さく首を捻る。

無色はしばしの逡巡のあと、か細い声を漏らした。

「……さ、彩禍さん……です」

別に恥じ入る気持ちがあったわけではない。とはいえ、彩禍と近しいエルルカにそれを言ってしまうことで、彩禍に何らかの不利益が生じはしないかと思ってしまったのだ。

するとエルルカは、驚いたように目を丸くした。

「彩禍。彩禍じゃと？　あの彩禍のことを言っておるのか？」

「は、はい。たぶんエルルカさんの思い浮かべている彩禍さんです」

「ほう……思ったよりも気骨のあるやつじゃ。あのじゃじゃ馬の相手をするとなると大変じゃぞ」

「し、承知の上です」

「そうか、そうか。はは、とんと浮いた話を聞かぬやつじゃったが、とうとうあやつにも春が来たか？」

エルルカは面白がるように言うと、ふうむとあごを撫でた。

「むう、しかし……そうか。となると、あやつに悪い気もするの……」

言って、どこか口惜しそうに渋い顔を作る。

どうやら、わかってくれたようだ。無色はホッと胸を撫で下ろした。

「――ときに、無色」

「なんですか？」

「わしはとてもとても口が堅いのじゃが」

「そ、それがどうかしましたか……？」

「ぬしはどこまでならせーふ派じゃ？」

「いや何言ってるんですか⁉」

戯けるようにぺろりと舌を出しながら言われ、無色は手足をジタバタさせた。

「わかったわかった。何もせぬ。何もせぬから、とりあえず服だけ脱いでみぬかの？」

「絶対嘘じゃないですかそれ！」

なんだかんだ言いつつ諦める様子のないエルルカに、無色は必死の抵抗を試みた。

◇

「――うわぁぁぁぁぁぁぁぁぁぁぁぁぁぁぁぁぁぁぁぁ――っ‼」

深夜。〈庭園〉女子寮第一寮舎三一四号室で、瑠璃はベッドから跳ね起きた。

そしてその勢いのまま部屋の扉を開けると、転がるような勢いで廊下に飛び出し、敵を威嚇する犬の如く「フーッ、フーッ……」と息を荒くしながら辺りの様子を窺う。

しかし、目に映るのは普段通りの寮の内装のみである。瑠璃は段々と落ち着きを取り戻し、やがてキョトンと目を丸くした。

「あ、あれ……？　ここは……寮？」

呆然と呟き、寝間着の袖で額に滲んだ汗を拭う。

……まあ、額どころか寝間着さえも寝汗でびっしょりと濡れていたため、その行動にあまり意味はなかったのだけれど。

「……こんな時間に何をしておられるのですか、瑠璃さん」

と。瑠璃が廊下で立ち尽くしていると、不意に後方からそんな声がかけられた。

見やると、瑠璃の二つ隣の部屋の扉が開き、中から黒衣（くろえ）がこちらを覗いていることがわかる。彼女も睡眠中だったのだろう。いつも結わえている髪を解き、ゆったりした寝間着に身を包んでいる。きっちりと身だしなみを整えている黒衣しか見たことがなかったため、なかなか新鮮な姿ではあった。

ちなみに口調は普段通り丁寧なものだったが、その目は恨めしそうに歪められていた。どうやら、眠っているところを起こしてしまったらしい。荒れた呼吸を整えながら小さく詫（わ）びる。

「ごめんごめん。ちょっと変な夢見ちゃったみたい……」

「夢、ですか」

「ええ。兄様がひどくエロい下品な女に襲われる夢だったわ」

「ひどくエロい下品な女」

黒衣が半眼を作りながら復唱してくる。

「ええ……たとえるなら、全裸に白衣一枚だけ羽織って、四つん這いで胸揺らしながら近づいてくる感じの……」

「それはひどくエロく下品ですね」

「でしょう？」

なんだか改めて口に出すと、先ほど見た夢の光景が思い起こされてくる。瑠璃は喉を掻き毟るような仕草をしながら身を捩った。

「ああ……なんだか無性に不安になってきたわ。今回の補習って、他の養成機関からも人が集まるんでしょう？　兄様大丈夫かしら。はすっぱな不良女に粉かけられたりしてないといいけど……」

「考えすぎではないでしょうか」

「そうかしら。だって補習を課せられるような生徒よ？　きっと生活態度もよくないに決まってるわ。そんな狼の群れの中に兄様という子羊が一匹……ヒエッ……格好の餌食じゃない！　パーティーが始まっちゃうわ！」

「偏見」

黒衣が眉根を寄せながら目を細める。

しかし瑠璃は勢いを落とすことなく続けた。

「だって、エロいことしか頭にない思春期の男女が、一週間も隔絶空間の中で生活を共にするのよ⁉　何か起こっても不思議じゃないじゃない！　しかも兄様よ⁉　免疫のないメスどもがあの誘い受けオーラに耐えられるとでも⁉」

「落ち着いてください瑠璃さん。補習は補習です。それとも瑠璃さんは、同じ状況に置かれたとき、自制も利かず間違いを起こしてしまうのですか？」

「あっ……あー……、テントは？　テントは別？」

「細かい条件を確認しようとしないでください」

黒衣は呆れるように半眼で言ったのち、ふうと息を吐いた。

「そういった間違いが起きないよう、監督役として騎士エルルカが同行しているのではないですか」

黒衣の言葉に、瑠璃はハッと肩を揺らした。

「そ、そうよね……エルルカ様がいれば大丈夫よね」

「ええ。ご安心ください」

瑠璃が安堵の息を吐くと、黒衣はやれやれといった様子でそう言ってきた。

「では、そろそろお休みになってください、瑠璃さん。あまり廊下で話し込みすぎると、他の寮生も起きてきてしまうかもしれません。それこそ、詩々山寮監などに見つかったら面倒です」

「あー……うん、そうね。ごめんごめん」

「しかし、二つ隣の部屋のわたしでさえ起きてしまったのに、同室の緋純さんは大丈夫だったのですか？」

黒衣が不思議そうに問うてくる。瑠璃はあははと笑いながら手を振った。

「やあねえ。緋純がこれくらいで起きるわけないじゃない。伊達に私のルームメートやってないわよ」

「…………、そうですか」

黒衣は何か言いたげな様子だったが、また話が長くなると思ったのだろう、そうとだけ残して部屋の扉を閉めた。

◇

「…………、朝か……」

テントの生地越しに空が白んできたのを見て、無色は大きく息を吐いた。

あのあと、数十分の格闘の末、なんとかエルルカをテントから追い出すことには成功したものの、再び襲ってくる可能性も否定できなかったため、結局一睡もできていなかったのである。テントの入り口を注視しながら朝を待つのは、さながらパニック映画の主人公のような心境だった。

さすがに朝になって皆が起きてきたならば、エルルカも無茶はしないだろう。無色は全身から力を抜くと、寝袋の上に身体を横たえた。

「なんだったんだ……一体……」

誰にともなく、呆然と呟く。

正直、こうして夜が明けた今でも、何が起こったのかよく理解できていなかった。突然エルルカが大きくなっていたのも意味がわからなかったし、犬耳と尻尾が生えていたのはもっとわからなかった。

加え、〈庭園〉の中でも最古参で、他の教師からの信も篤い彼女が、淫蕩な笑みを浮かべ無色を誘惑してきたというのである。未だに、やはりあれは夢だったのではないかと思ってしまいそうになる無色だった。

と、睡眠不足のため、うつらうつらとしてきた無色の耳に、スマートフォンのアラームが聞こえてくる。

どうやら起床時間になってしまったらしい。正直あまり身体を休められた気はしないが、仕方ない。無色は大きなあくびを零しながらむくりと身体を起こすと、着替えを済ませてからテントの外へ出た。

「ん……」

山間から差し込む朝日を浴びながら、大きく伸びをする。テントの中で縮こめられていた手足が、歓喜の声を上げるように小さく音を鳴らした。

時刻は午前五時。夜は明けたものの、まだ辺りは仄暗い。日中の熱気からは考えられないくらいに、ひんやりとした空気が立ちこめていた。

「朝食の前に、顔でも洗うか……」

無色はタオルを一枚手に取ると、拠点を横切るように歩いていった。

さすがに水道までは通っていないようだったが、拠点の端には井戸があった。ありがたいことに水の飲用も可能で、無色たちは島にいる間の生活用水をそれに頼っていたのである。

「あれ？」

と、井戸の近くにさしかかったところで、無色は不意に足を止めた。

陽光の加減でそう見えるのか、それともこれもこの島特有の現象なのか、何やら井戸の周りの朝靄が、金色にきらきらと輝いているように見えたのである。

そしてそんな輝きに包まれるかのように、井戸の前には一人、先客の姿があった。

後ろ姿しか見えないが——竜胆だ。起きたばかりなのだろうか、髪は結っておらず、装いも薄手の寝間着だった。

たぶん無色と同じように、顔を洗いに来たのだろう。拠点内で水を手に入れようと思ったならば、この井戸か、近くを流れる川に行くしかない。行動圏が被るのは必然ではあった。

「竜（りん）――」

が、その背中に声をかけようとしたところで、無色は言葉を止めた。

理由は単純。竜胆が井戸のポンプを漕（こ）いで木製の桶（おけ）に水を溜（た）めたかと思うと、そのまま桶を持ち上げ、頭から水を被ったのである。

薄手の寝間着が水浸しになり、長い髪の先から水が滴（したた）り落ちる。

顔を洗うにしては随分大胆なやり方に、無色は思わず眉根を寄せた。

「な、何してるんだ……？」

無色が困惑していると、竜胆は再びポンプを操作し、桶に水を注ぎ始めた。そして満杯になったところで、またも頭から水を被る。

一瞬、水行でもしているのかとも思ったが、それにしては様子がおかしい。身を清めようとか、精神統一を目的としているようには見えなかった。どちらかというと、オーバーヒートを起こしてしまった頭を冷却しようと、必死に水をかけているといった方が適当なように思える。

「ええと……大丈夫？」

「…………っ！」

無色が躊躇いがちに声をかけると、竜胆はそこでようやく無色の存在に気づいたかのように、ビクッと肩を揺らした。

「あ、あ……」

そして、震える声を漏らしながら、無色の方を振り向いてくる。

その表情を見て、無色は思わず息を呑んだ。

熱を帯びたかのように赤く色付いた頬。水気を含んで頬に張り付いた髪。どこか朦朧とした悩ましげな双眸――

そう。あどけない竜胆の顔が、匂い立つような色香に彩られていたのである。

「……いや、いや」

無色は邪念を払うようにブンブンと頭を振った。相手はまだ中等部の生徒である。一体何を考えているのだろうか。

「玖珂……先輩……」

竜胆が、切なげな声音で無色の名を呼んでくる。無色はその様子にどきりとしながらも、平然とした風を装って返した。

「う、うん。一体どうしたの？　もしかして熱でもある？　体調が悪いなら休んでた方が……」

無色が心配そうに言いながら足を一歩前に踏み出すと、竜胆が怯えるように声を震わせた。

「こ、来ないでください！　お願いです、私に触らないで……！」

「へっ？　あ……うん。ごめん……」

言われて、無色は足を止めた。別に自分に落ち度があったとは思わないが、こうも強い拒絶をされると、なんだか悪いことをした気になってしまうのだった。

竜胆もその気配を察したのだろう。申し訳なさそうに眉を歪めながら自分の肩を抱く。

「……ごめんなさい。違うんです。玖珂先輩が悪いんじゃないです。私……朝目が覚めたときから、なんだか身体がおかしくて……」

「おかしい……？　どんな風に？」

「そ、れは――」

無色が問うと、竜胆はもとより赤かった顔をさらに真っ赤に染めた。

「言いたくなければいいんだ。とにかく、体調が悪いならエルルカさんを呼んでくるよ。少しの間一人で大丈夫？」

無色は努めて落ち着いた声音で、ゆっくりと言った。

理由はわからなかったが、身体に異常を来しているのは確からしい。ならば無色のような素人がどうこう言うよりも、〈庭園〉医療部の責任者であるエルルカに任せた方がいいだろう。

……まあ、夜のことがあったので正直顔を合わせづらい相手ではあるが、そんなことを言っている場合ではあるまい。

「はい……。すみません……ありがとうございま――」

「！　危ない！」

朦朧とした調子で言った竜胆が、不意に足をふらつかせ、倒れそうになる。

無色は思わず地面を蹴ると、力の抜け落ちた竜胆の身体を支えた。結果、竜胆に触れてしまうことになったが……今の場合やむを得まい。

「大丈夫⁉　やっぱり直接エルルカさんのところに連れていくよ。背中に摑まれる⁉」

「あ……、ああ……っ……」

竜胆が、甲高い嬌声を上げながら身体を弓なりに仰け反らせる。身体を支える無色の腕に、ビクビクという脈動が伝わってきた。

「竜胆ちゃん！　しっかり！」

「…………」

無色が竜胆の肩を揺するようにしながら叫ぶと、竜胆は呼吸を荒くしながら、とろんとした視線を向けてきた。

「先輩……、私……胸が苦しくて……」

「わ、わかった。だから早くエルルカさんに——」

と、無色が言いかけたところで、竜胆は突然両手をがばっと広げ、無色に抱きついてきた。

「り、竜胆ちゃん？」

無色が困惑の表情を浮かべながら名を呼ぶと、竜胆は先ほどまでとは打って変わった甘い声音で、無色の耳元に囁きかけてきた。

「だから……先輩が治してください」

そして、妖しげな手つきで無色の頬を撫で、ゆっくりと唇を近づけてくる。

「わぁっ⁉」

突然のことに、無色は思わず悲鳴を上げ、竜胆の身体を抱えた腕を放してしまった。竜胆がどすんとその場に尻餅をつく。

「きゃっ！　もう……先輩ったら、ひどいです」

竜胆が頬を膨らませながら、上目遣いにこちらを見上げてくる。

途方もない違和感を覚え、無色は額に汗を滲ませた。

「あ……ご、ごめん。でも竜胆ちゃん、いきなりどうしたの？　竜胆ちゃんらしくないよ」

実際のところ、非常に生真面目で、ともすれば融通の利かない感のあった普段の竜胆からは想像もできない行動であった。もし熱に浮かされているのだとしても、ここまでの変化があるものなのだろうか。

しかし竜胆は、不満げに鼻を鳴らしながら、ゆらりと立ち上がった。先ほどまでのようなふらつきはない。その代わり、どことなく所作の端々に、艶めかしさのようなものが滲んでいた。

「私らしくない……って、どういう意味です？　先輩、私のことなんて何も知らないじゃないですか」

「それは……そうかもしれないけど」

無色が口ごもると、竜胆は熱っぽい眼差しのまま、無色の方に歩みを進めてきた。

「だから、これから知ってください。私のこと、全部……」

「ぜ、全部……？」

「はい。学園長の玄孫で、真面目で、成績優秀で――みんなが私に期待してます。私は他の生徒とは違うんだって。普通の生徒がうつつを抜かすようなことには無縁で、ひたすらに魔術の道を究めるんだって、みんなが思ってます。私だって人並みに、恋愛や男の人や……そういうことに興味があるのに……」

竜胆はうわごとのように呟くと、ほう、と甘い吐息を零した。

「私の全部を見せてあげます。だから……先輩も全部……見せてください。先輩の知らないところまで……」

竜胆がねだるように言って、手を伸ばしてくる。

無色はただならぬものを感じ、思わずそれから逃れるように後ずさった。

「……っ！」

が、次の瞬間。無色は息を詰まらせた。

背に、何やら柔らかい感触を覚えたのである。

「──浅葱⁉」

後方に目をやり、無色は驚愕の声を発した。

そう。いつの間に現れたのか、そこには狐の面を着けた少女が立っていたのである。

きっと、彼女も無色たちと同じように井戸にやって来ていたのだろう。無色は縋るように声を上げた。

「ちょうどよかった。大変なんだ！　竜胆ちゃんの様子が──」

しかし。

そう言いかけたところで、無色は言葉を止めた。

理由は単純。浅葱が、水着になったときでさえ頑なに外さなかった狐の面を、何の躊躇いもなく取り去ったからだ。

勝ち気そうな目。整った鼻梁。形のよい唇――無色の妹・瑠璃と瓜二つの相貌が、空気に晒される。

だが一瞬、無色はそれを、瑠璃と同じ顔とは判別できなかった。

それはそうだ。何しろ浅葱の表情は、とても尋常な状態のものとは思えなかったのである。

目は焦点を失い、口元はだらしなく半開きになり、涎があごの先まで伝っている。頬は赤く上気し、荒い呼吸のたびに、全身が小刻みに震えていた。

有り体に言うと、今の竜胆と似たような状態だ。

少なくとも瑠璃は、このような表情は――彩禍のレアショットを手に入れたときくらいしか――しない。明らかに異常な様子だった。

「浅……葱……？」

無色が呆然と言葉を零すと、浅葱はうわごとのように何かを呟き始めた。

「嗚呼、嗚呼……お許しください、当主様、瑠璃様。浅葱は……浅葱は、もう我慢の限界にございます……」

そして、無色の服をむんずと掴むと、そのまま首筋を露出させ、愛おしげにちうちうと吸い付いてくる。

「うわぁぁぁっ⁉」

吸血鬼にでも襲われたかのような心地になって、無色は両手をバタつかせた。浅葱の手が離れた隙に、二人から距離を取る。

「な……何するんですか、浅葱⁉」

無色が混乱に染まった声を上げると、浅葱はとろんとした表情のまま、自分の指をちゅぱちゅぱと吸いながら続けてきた。

「ああ……申し訳ありません、無色さん。如何な罰も覚悟の上にございます。ただ……ただ、ひととき、この卑しい女に慈悲をくださいませんでしょうか……。無色さんの匂いを嗅ぐだけで、頭がどうにかなってしまいそうなのです――」

言って、唇から指を離す。

糸を引いた唾液がきらきらと輝くのが、やけに淫靡に見えた。

「ふ、二人とも……一体……」

無色は渋面を作りながら汗を滲ませた。

何があったのかわからないが、明らかに普通の状態ではない。一刻も早くエルルカに報告せねばならないだろう。

しかし、そこまで考えたところで無色の脳裏に、昨夜のことが過る。――まさかエルルカもまた、夜の時点で彼女らと同じように常軌を逸していたのではないだろうか？

だとするならば、あとの二人は――

「…………！」

と、そんな無色の思考に応えるように物音がして、無色はそちらに視線を向けた。

そこには、凄まじい威容で以て仁王立ちする、涅々の姿があった。

「え、ええと……武者小路さん。君は――」

無色が躊躇いがちに尋ねようとすると、涅々は目にも留まらぬ速さで無色に肉薄してきた。

「――我の子を産め」

「わ……っ！」

そしてそのまま、丸太のような腕で情熱的なハグを試みてくる。無色は息を詰まらせ、その場から飛び退いた。

勢い余った涅々が、無色の後方にあった木に抱きつく。直径三〇センチはあろうかという幹が、メリメリと音を立ててへし折られた。

「ひ、ひぃっ⁉」

バサバサと枝葉を揺らしながら倒れる大木を目にして、無色は悲鳴を上げた。

すると涅々は、今し方の感触を確かめるように拳を握ったり開いたりしながら、そんな無色の方に視線を寄越してきた。

「——間違えた。産むのは私だ。子種を寄越せ」

「それはそれで怖い⁉」

無色は涙目になりながら顔面を蒼白に染めた。竜胆や浅葱の変貌ぶりも脅威であったが、涅々の場合、物理的な危険が大きすぎた。

と、無色が恐怖に身体を震わせていると、皆の後方からガサガサと草木をかき分けるような音が聞こえてきた。

「…………」

そして、一人姿の見えなかった来夢が姿を現す。それを見て、無色は思わず息を詰まらせた。

それはそうだ。今は竜胆も、浅葱も、涅々も、正気を失っている。もしも襲う対象が無色一人でなく、異性全体であったなら、来夢にも危険が及んでしまうだろう。

「ら、来夢さん！　逃げてください！　みんな様子がおかしいんです！」

無色は訴えかけるように金切り声を上げた。

だが——

「お兄ちゃん……来夢ね、なんだかおまたがムズムズするのぉ……」

来夢はなぜか内股で、大きな目を潤ませながらそう言ってきた。

もはや完全に美少女だった。

「キャラ違い過ぎません!?　ていうかなんであなたまでそっち側なんですか！」

無色が声を裏返らせるも、竜胆たちはまったく構う様子を見せなかった。新たに加わった来夢も含めた四人が、無色を包囲するようにじりじりと左右に展開していく。

「く……！」

四方に視線を巡らせながら、無色は渋面を作った。

一対四。数の上で圧倒的に不利な上に、完全に囲まれてしまった。しかも相手は、皆無色よりも格上の魔術師ばかりである。一斉に飛びかかられたなら、逃れる術はないだろう。口ぶりからして、皆の狙いは、恐らく無色の身体。（一名を除き）殺されこそするまいが、捕まってしまったなら、無色の貞操は失われてしまうだろう。それは彩禍に操を立てた無色にとって、死と同義の事態に他ならなかった。

しかしそのような事情など、今の彼女らに通用するはずもない。竜胆たちは飢えた獣の如く息を荒くしながら、無色ににじり寄ってきた。

そして。

「先輩……！」

「無色さん――」

「玖珂」

「お兄ちゃぁん！」

まるでタイミングを合わせたかのように一斉に、四人が飛びかかってくる。

「――彩禍さん――！」

無色は祈るような心地でその名を呼びながら目を閉じ、来たる衝撃に身を硬くした。

――しかし。

「へ……っ⁉」

次の瞬間、無色は素っ頓狂な声を漏らした。

何者かに身体を抱えられたかと思うと、全身を不可思議な浮遊感が包んだのである。

思わず目を開け、周囲の様子を窺う。

すると自分が今、井戸の前ではなく、空の上にいることがわかった。

「こ、これは……一体……」

「──間一髪じゃったの」

呆然とした無色(むしき)の声に応えるように、そんな声が聞こえてくる。

そこで無色はようやく気づいた。見覚えのある女性に、所謂(いわゆる)お姫様抱っこのような格好で抱えられていることに。

「エルルカさん……!?」

目を丸くし、女性の名を呼ぶ。

そう。そこにいたのは、大人の姿になり狼のような耳と尻尾を生やした、エルルカ・フレエラその人だったのである。身体に赤い紋様のある梟(ふくろう)が彼女の肩を摑(つか)み、巨大な翼を羽ばたかせている。

ちなみに今の装(よそお)いは、昨日のように白衣一枚ではなく、下にきちんと普段通りのインナーを身につけていた。……まあ、サイズはそのままのようで、チューブトップもスパッツも、はち切れんばかりに引き絞られてはいたのだが。

窮地を逃れたことに一瞬安堵(あんど)しかけた無色だったが、どうやら認識が甘かったようだ。

エルルカの手から逃れようと、ジタバタと手足を動かす。

「だ、駄目です！　俺は彩禍さんに……！」

「落ち着け。暴れると落ちるぞ。今はそんなことを言っている場合ではなかろう」

　至極落ち着いた調子でエルルカが言ってくる。無色はキョトンと目を丸くした。

「だ、大丈夫……なんですか？」

「大丈夫、とは？」

「や、ほら、夜様子がおかしかったじゃないですか。もう……その、収まったんですか？」

「いや？　やっていいのであれば正直今すぐにでもまぐわいたいくらいじゃがの」

「全然駄目じゃないですか！」

　無色が叫ぶと、エルルカは可笑しそうにカラカラと笑った。

「如何に情欲が滾っておろうと、抑えられていれば問題はなかろうて。ぬしだって、彩禍を前にすれば抱きたいと思うじゃろう？」

「そ、そういうのはちゃんと結婚してからだと思ってます」

「はっは、真面目なやつじゃのう。――まあ、ならば結婚したあとと仮定してもよい。情欲が猛っていたとしても、相手が嫌がるのならば無理を通そうとも思うまい？」

「と、当然です」

「それと同じことよ」

　エルルカはふっと微笑むと、地上を見下ろすように視線を落とした。

「じゃが、あやつらは今、その箍が外れて――いや、外されておる。あのままにはしておけぬな。早くなんとかせねばの」

「……！　何か心当たりがあるんですか？」

「あるといえば、ある。とはいえ、あのようなものがこの島に自生しているとも思えぬな。本当ならばあやつらに詳しい話を聞きたいところじゃが、あの状態ではそれも望めそうにないの」

　エルルカの言い回しに違和感を覚え、無色は首を傾げた。

「えっと、エルルカさんもみんなと同じ状態になってたんじゃ……」

「わしのはただの発情期じゃ」

「…………」

　あっけらかんとしたエルルカの言葉に、無色は無言になった。

　……エルルカまで皆と同じ状態に陥っていたのでなくてよかったという気持ちもあるが、それはそれで大丈夫なのだろうかと思わなくもなかった。

「ええと……その身体も何かそれに関係あるんですか？」

「身体？」

「ほら、いつもより身体が大きくなってるじゃないですか。それに、その耳と尻尾も」

「ああ、これか。これはな――」

と。

エルルカが無色の問いに答えようとした、そのときであった。

エルルカを摑んで空を飛んでいた梟の羽が、ぱん、と音を立てて弾け飛んだのは。

「へ……っ？」

「何――」

無色とエルルカの声が重なる。

次の瞬間には、魔力で編まれた第二顕現である梟が光と消え、二人の身体は地上へと落下していった。

「うわぁっ!?」

突如全身を襲った浮遊感に、無色は喉を絞るように悲鳴を上げた。まるで、この島にやってきたときの再現のようである。

「ふん――ッ！」

とはいえ、無色を抱えるエルルカは微塵の狼狽も見せることなく、空中で体勢を整えると、そのまま背の高い木の枝に足を引っかけ、トン、トンと木を伝うように地上へと降り立った。

「大事ないか、無色」

「は、はい。って、エルルカさんこそ大丈夫ですか？」

「うむ。あの程度の高さならば問題ない」

　本当に何でもなさそうにそう言って、エルルカは抱えていた無色を地面に下ろした。

　エルルカのお陰でどうにか事なきを得たが、油断はできない。無色は頬に汗を垂らしながら周囲の様子を窺った。

「今のは……攻撃ですよね。浅葱たちが追ってきたんでしょうか」

「いや、恐らく違う。顕現術式によるものではなかった」

「じゃあ、一体……」

　言いかけて、無色は言葉を止めた。

　いつの間にか周囲に、無数の敵意が現れていたのである。

「な――」

　無色が短く声を漏らすと、ぼんやりとした金色の輝きを纏った何匹もの獣が、草木の合間からゆっくり歩み出てきた。

――狼だ。人間ほどの大きさはあろうかという狼たちが、牙を剥き出しにしながら唸り声を上げ、無色とエルルカに獰猛な視線を向けてきていた。

一瞬でも隙を見せれば、即座に喉笛に食らい付いてきそうな剣呑さである。無色は全身を緊張させながらごくりと息を呑んだ。

「エルルカさん、この狼は……」

油断なく周囲に気を張りながら問うも、エルルカは答えようとしなかった。

ただ静かに腕組みしながら辺りを見回し、半眼を作りながら息を吐く。

まるで、この状況をある程度予想していたかのように。

「――やはりぬしか、イセセリ」

「え……？」

エルルカが、零すようにその名を呼ぶ。

するとそれに応ずるように、群れの奥から、一際大きな狼が姿を現した。

全身に無数の傷を蓄えた個体である。左耳に至っては半ばから千切れかけている。けれどそれが弱々しさや痛々しさを醸し出しているかといえば決してそんなことはなく、むしろ死線をくぐり抜けた歴戦の勇士の如き威容となって無色を圧倒した。

「…………」

その姿を見てか、エルルカが微かに眉根を寄せる。

それは己の予想が当たってしまったことに対する嫌厭のようにも見えたし、狼の傷を痛ましく思う憐憫のようにも見えた。

自責と愛情。或いは後悔と思慕。相反する感情がない交ぜになったような、複雑な様相。

ただ一つ確かなのは──明確に敵意を向けてくる先方に対し、エルルカにはむしろ相手を思いやるかのような様子さえ感じられるということだった。

「……エルルカさん。知ってるんですか、あの──狼のことを」

無色が問うと、エルルカは視線を前に向けたまま、「ああ、うむ」と答えてきた。

「嫁じゃ」

「そうですか──」

一拍おいて。

「…………、え？」

無色は、目を丸くしながら間の抜けた声を発した。

「エルルカさん、今なんて？」

「だから、嫁じゃ」

「…………」

無色は、予想外の回答にしばし言葉を失った。

思った以上に深すぎる関係であったのにも驚いたが、エルルカはそもそも女性であるし、何よりどう見ても相手は人間ではない。確かに今のエルルカには似たような耳と尻尾が生えているが、明らかに種族が異なった。

と、困惑する無色に追い打ちをかけるように、さらに驚くべきことが起こる。

「──戯れるな。誰が貴様などを伴侶と認めるものか」

傷だらけの狼が不快そうに顔を歪めたかと思うと、そんなことを言ったのである。

「へ……っ⁉」

発声器官の違いのためか、やや聞き取りづらくはあったけれど、確かにそれは人間の言葉であった。驚愕に目を剝き、そちらを見やる。

けれどエルルカはさして気にする様子もなく、「ん、そうか」と短く答えるのみだった。

「すまぬ無色。間違えた。元嫁じゃ」

「はあ。そうですか……っていやいや、そういう問題ですか？」

無色は額に汗を滲ませながら答えた。

しかしエルルカは気にした様子もなく、イセセリと呼ばれた狼に言葉を投げる。

「それで、何用じゃ。旧交を温めにきた──という雰囲気ではなさそうじゃが」

「当然だ」

エルルカの言葉に、イセセリはさらに怒気を増した。まるで、その問いを発すること自体が侮辱であると言わんばかりに。

「あのときのことを忘れたとは言わせんぞ。私は長い間、貴様への復讐(ふくしゅう)のみを考えて牙を研いできたのだ」

「復讐……？」

穏やかならざる言葉に、無色(むしき)は眉根を寄せた。

「…………」

反してエルルカは、ぴくりとも表情を動かさなかった。

問いこそ発したものの、その返答は予想の内だったとでもいうように。

イセセリが、吠(ほ)えるように続ける。

「幾人もの同胞が死んだ。貴様は我ら『森の民』を裏切った。その罪を贖(あがな)ってもらう」

「…………、そうか」

エルルカは目を伏せながら細く息を吐くと、やがてゆっくりと顔を上げた。

「で、どうする。どうすればぬしの復讐は果たされる。わしが這(は)い蹲(つくば)って許しを請(こ)えば満足か？　それとも、わしの首を墓にでも捧(ささ)げるか？」

「どうする、だと？　知れたこと――」

イセセリはすっと目を細めると、こちらに飛びかかるように体勢を低く取った。

そして低いうなり声を上げたかと思うと、その身体が淡く輝いていく。

「な……っ」

その様を目にして、無色は思わず驚愕の声を漏らした。

しかしそれも当然だ。狼のシルエットが大きくうねったかと思うと、徐々に人間の姿に変じていったのだから。

若い女だ。少なくとも見た目には、二〇代中頃に見える。化粧っ気は皆無だが、顔の造作は整っていた。綺麗に着飾って街を歩けば、振り向く男は一人や二人ではないだろう。

しかし全身を飾った無数の傷跡と、研ぎ澄まされた刃の如き双眸が、その印象を近づき難いものにしていた。

とはいえ、彼女の姿を目にしたとき、もっとも印象に残るのは、それらの要素ではあるまい。

彼女の頭部には、狼を思わせる耳が、そして臀部には、獣毛に覆われた尻尾が生えていたのである。

そう。まるで、今のエルルカと同じように。

よくよく見れば、イセセリの纏った衣服に施された奇妙な紋様も、エルルカのそれにどことなく雰囲気が似ていた。

イセセリの変化に呼応するように、周囲の狼たちの身体もまた淡く輝き、人の姿へと転じていく。

年格好や体格に多少の差こそあれ、皆女性だ。皆イセセリと同じような衣服を纏い、イセセリと同じように、興奮に息を荒くしている。

「こ、これは一体……」

突然のことに身を竦ませながらも、無色は妙な違和感を覚えた。

なぜか周囲の女性たちの視線が、エルルカではなく無色の方に向いているような気がしたのである。

「……あれ？」

無色が訝しげな顔をしていると、イセセリが仲間に指示を出すように、ビッと人差し指を突きつけた。

──エルルカではなく、無色に。

「貴様の情夫を奪ってやるのだぁぁぁぁ──ッ！」

『おおおおおおおおおおおおおおおおおおおお──っ！』

どう考えても滅茶苦茶な指示に、戸惑いを示すこともなく。

周囲に展開した女たちが、地鳴りのような咆哮を上げながら、一斉に無色目がけて走り出した。

「えええええええええ……っ⁉」

予想外の事態に、無色は驚愕に目を見開いて叫びを上げた。

一瞬、そういう風習のある一族なのかとも思ったが――恐らく、違う。

無色に向かってくる女たちの目は、一様に熱に浮かされたようにとろんとしていたのである。

そう。先ほどの竜胆や浅葱たちとまったく同じ状態だった。詳しいことはわからなかったが、恐らく彼女らも、竜胆たちと同様の『何か』に侵されているのだろう。

とはいえ、だからといって脅威が軽減するわけでもない。何ならむしろ危険度が増している気さえした。

エルルカも無色と同様の判断をしたのだろう。両手の指を組み合わせて印を結び、唱える。

「第二顕現――【群狼】！」

瞬間、エルルカの両手に爪の如き界紋が輝いたかと思うと、彼女の呼び声に応えるように、白銀の毛並みを持った狼たちが姿を現した。

エルルカの第二顕現【群狼(ホロケウ)】。その名の通り、無数の狼の形を作り上げる術である。本来は傷の治療や体力の回復に用いるものであるが、多勢に対応せねばならないときは、このように壁として用いることもあるようだった。

しかし。

「――るぅぉぉぉぉぉぉぉぉ――」

イセセリをはじめとした女たちが唇をすぼめながら、遠吠(とおぼ)えのような声を響かせたかと思うと、それに呼応するように風が収束していき、ぱん、という破裂音とともに弾(はじ)けた。

イセセリたちの進行を止めるように立ちはだかっていた【群狼(ホロケウ)】たちが、或いは頭部を、或いは胴や足を砕かれ、光の粒子となって空気に溶け消えていった。

「なっ、これは……魔術⁉」

無色は狼狽(ろうばい)に声を上げた。

間違いない。先ほどエルルカの【虚梟(コタンクル)】を消し去った技だ。

しかし、目の前でそれを見てなお、その正体は摑(つか)めなかった。第一顕現のように見えなくもないが、彼女らの身体に界紋らしきものが現れているようには見えない。

するとエルルカが、そんな無色の疑問に答えるように言葉を寄越してきた。

「わしらは巫呪（トゥス）と呼んでおる。咆哮を介して魄（ラマッ）――所謂（いわゆる）、魔力を扱う技じゃ。分類としては呪文によって魔力を制御する第二世代魔術に近いかの」

などと、講釈するように言う。自らの顕現体がやられてしまったというのに、その口ぶりには、どこか感心するような色があった。

「こやつらもだいぶ腕を上げたようじゃ。わし一人ならばまだしも、ぬしを守りながらでは分が悪い。――道を作る。一旦退（ひ）くぞ」

言って、エルルカが再度印を結ぶ。

「――【轟熊（キムンベ）】！」

エルルカの両手の界紋が再度強く光り輝くと同時、エルルカの前に魔力の光が寄り集まり、巨大なシルエットを形作っていった。

――熊。大木の如き手足に、小山もかくやという体軀（たいく）。獰猛（どうもう）なる意志を宿した牙と爪は、見る者を戦（おのの）かせる迫力を有していた。

【――――！】

【轟熊（キムンベ）】が女たちを威嚇するように咆哮を上げ、両手を大きく振り回す。

「るろぉおおおおお――」

女たちも負けじと巫呪（トゥス）を放つが、巨大な【轟熊（キムンベ）】は身体を削られながらも攻撃を止（や）めなかった。独楽のように腕を振り回し、女たちを退ける。

「──見えた。ついてこい！」

「は、はい！」

先行するエルルカの背を追うようにして、無色は思い切り地を蹴った。

イセセリたちと【轟熊】、そして未だ残った数匹の【群狼】たちの乱戦の中をかき分けるように走ってく。

だが──

「あ……っ！」

イセセリたちの包囲を抜けようとしたその瞬間、無色は思わず声を上げた。

理由は単純。前方に、新たな『脅威』が現れたのである。

「玖珂せんぱぁい……」

「無色さん……どうか……」

「我の子を産め──」

「お兄ちゃぁぁぁん！」

そう。先ほど撒いたはずの竜胆たちが、幽鬼のように恨めしげな、それでいて甘ったるい吐息を零しながらそこに立っていたのだ。

前方には補習組。後方にはイセセリたち。図らずも挟撃を受けた形になってしまう。思わぬ窮地に、無色は身を硬くした。

しかし、次の瞬間。

「なんですか、あなたたちはぁ……玖珂先輩は渡しませんよぉぉぉっ！」

「第二顕現──【烈煌刃】んんんん……！」

竜胆たちは無色を追うイセセリたちの姿を認めると、闘志の炎を目に灯し、身体の各所に界紋を輝かせた。

どうやらイセセリたちを、無色を奪い合う敵と認識したらしい。まあ、その認識もあながち間違ってはいなかったが。

「邪魔立てするか、小娘ども！」

「あァ!? 誰だ小娘とか言いやがったのは！　俺をメスガキ扱いしていいのは無色お兄ちゃんだけだぞコルァ！」

イセセリも竜胆たちを敵と認識したらしい。視線を鋭くし、突然現れた四人を睨め付ける。ちなみに無色の前ではしおらしくなっていた来夢だが、他の者の前では普段と変わらないらしかった。いや、なんならちょっと柄が悪くなっていた。

顕現術式を主とする現代魔術師たちと、巫呪を操る森の民たち。にわかに二陣営の間で戦いが勃発する。界紋の輝きと巫呪の咆哮が、森の中でぶつかり合った。

無色としては、短い間とはいえ苦楽をともにした補習組はもちろん、エルルカと何らかの関わりがあるであろうイセセリたちにも、傷ついて欲しくはなかった。

とはいえ、これが脱出の好機であるのもまた、確かだった。無色がこの場にとどまったところで、場を混乱させるだけである。皆の無事を願いつつも、どうにか戦場から逃れようと進路を取る。

だが、そんな無色の希望は、一瞬にして打ち砕かれることとなった。

「るぅぅぅおぉぉぉぉぉぉぉぉぉぉ――――ッ！」

遠吠えのような巫呪とともに、イセセリの身体が淡く輝いたかと思うと、目にも留まらぬ速さで空間に線が引かれる。

その線がイセセリ自身であったと気づいたのは、竜胆、浅葱、涅々、来夢の四人が、地面に倒れ伏したあとのことだった。

「な……っ⁉」

一拍おいて、無色は驚愕に目を見開いた。

そう。イセセリたった一人に、四人の魔術師たちが為す術もなく敗れてしまったのである。

瑠璃(るり)やアンヴィエットたち〈庭園〉騎士には及ばないとはいえ、竜胆や浅葱、涅々に来夢たちも、それなりの腕を持つ魔術師のはずだった。それは昨日の〈ウンディーネ〉戦からも確かである。

そして、その驚愕こそが、致命的な隙となった。

「――ろぉぉぉぉッ！」

「うわっ！」

後方からそんな遠吠えが響いたかと思うと、無色はその場に転倒してしまった。

足を滑らせたわけでも、もつれさせてしまったわけでもない。ただその遠吠えと同時、まるで見えない手に摑まれるように、一瞬足が動かなくなってしまったのだ。

恐らく、それも巫呪(トゥス)の一つなのだろう。瞬(また)く間に無色の前方に女たちがなだれ込み、エルルカと分断されてしまう。

「無色！　ち――」

前方からエルルカが声を上げてくる。しかし、幾人もの女たちが壁を作り、すぐには駆けつけられないようだった。

そうこうしている間に、傷だらけの女――イセセリが、荒い吐息を零しながら、無色を組み伏せ、乱暴にシャツを破ってくる。

「ふ、ふふふ……エルルカの前で辱めてくれよう。名も知らぬ男よ……恨むならば奴を恨むのだな」

言って、ぺろりと唇を舐める。

絶体絶命の窮地に、無色は思わず身を硬くした。

が――そのときである。

「無色！　そやつの尻尾の付け根と腹を同時に撫ぜろ！」

前方から、そんなエルルカの声が響いてきたのは。

「へっ⁉　は……はいっ！」

それが何を意味するのかはわからない。しかし今の無色は、それに従うしかなかった。

イセセリの身体を抱きしめるように両手を伸ばし、エルルカの指示通り、尻尾の付け根とお腹を同時に撫でる。

すると。

「――はにゃぁんっ⁉」

次の瞬間、イセセリが、先ほどまでの声が信じられないくらいの甲高い嬌声を上げて、身を仰け反らせた。

「う、うわぁっ⁉」

そしてそのまま、全身から力が抜け落ちたかのように、地面に身を横たえる。頬が真っ赤に紅潮し、時折身体をビクンビクンと痙攣（けいれん）させていた。

「く……くぅーん……」

「え、ええと……」

突然の事態に、無色は困惑の表情を浮かべた。

……なんだろうか。やむを得ない事態ではあったのだが、なんだかいけないことをしてしまったような感覚だった。

「ぼうっとするでない！　逃げるのじゃ！」

「あ……す、すみません！」

エルルカに言われて、無色はハッと肩を揺らした。

そうだ。今はそんなことを考えている場合ではない。無色は慌てて身体を起こすと、エルルカの方に向かって再度地を蹴った。

エルルカとの間には、未だ幾人かの女たちがいた。突然向かってきた無色に、攻撃を仕掛けてこようとする。

「──るぉ──」

「ま、待て！　そいつは殺すな！」

しかし、無色の身体が目的であるからか、一瞬躊躇(ためら)いが生じる。

無色はその一瞬の隙を衝(つ)いて身体を翻(ひるがえ)すと、先ほどイセセリにしたように、女たちの尻尾の付け根とお腹を同時に撫でていった。

「きゃううん⁉」

「うわぉーんっ！」

犬の鳴き声のような声を上げて、女たちが地面に沈んでいく。

無色はその合間をくぐり抜け、エルルカの元へと辿(たど)り着いた。

エルルカが無色の姿を見るなり、乾いた笑みを浮かべてくる。

「わしがやれといっておいて何じゃが、とんでもない男じゃのう」

「えっ、な、何がですか⁉」

「――いや、なんでもない。それよりも好機じゃ。撤くぞ」

「はい！」

無色は大声で答えると、エルルカとともに丹礼島(にらいとう)の森を駆けていった。

第四章　束の間の蜜月と別離

魔術師養成機関〈空隙の庭園(くうげきのていえん)〉の中を、一台の車椅子がゆっくりと移動していた。

座面に座らされているのは、〈庭園〉騎士・不夜城瑠璃(ふやじょうるり)である。

が、一見しただけでは、それが瑠璃であると気づく者は少なかったかもしれない。

とはいえそれも当然だ。何しろ今の瑠璃は、普段の彼女とは似ても似つかぬような様相だったのだから。

生命力に満ち満ちていた双眸(そうぼう)は覇気を失い、虚空(こくう)をぼうっと眺めている。二つ結びの髪には艶がなく、櫛(くし)で梳(す)いたならば毛先が砂のように崩れてしまいそうだった。

膝には肌触りの良さそうなブランケットがかけられ、その上に、お手製と思(おぼ)しきぬいぐるみが二体、並べられている。一つは彩禍(さいか)を、一つは無色(むしき)を模したもののようだ。瑠璃は時折それの頭を撫(な)でては、かさかさの唇を小さく動かしていた。

まるで、余命幾ばくもない重病人のような有様(ありさま)である。すれ違った生徒たちがギョッとして、その姿を二度見していった。

「ほら瑠璃ちゃん。今日もいいお天気だねえ」

車椅子を押す優しげな容貌の少女——嘆川緋純が、日傘の位置をずらしながら言う。

するとそれに反応を示すように、瑠璃が緩慢に視線を空に向けた。

「……き……れい……」

「うん、そうだね。さ、今日も勉強頑張ろうね」

「……う……ん……」

「一体何をしているのですか」

さすがに見かねて、黒衣は車椅子の前に立ちはだかると、静かな口調で問うた。

瑠璃は池の鯉のように唇をぱくぱくと動かすのみで、何も声を発してこない。代わりに車椅子を押していた緋純が、苦笑しながら応えてきた。

「あ、烏丸さん。おはよう」

「おはようございます。それで、瑠璃さんは突然どうしたのですか」

「あー……うん。ほら、少し前から玖珂くんが補習でいないでしょ？　それに、魔女様もここ何日かお休みで」

「はい。それが？」

「だからちょっと、こういう感じになってるみたいで」

「わたしは何か重要な説明を聞き逃してしまいましたでしょうか？」

因果関係がだいぶ省略されている気がした。無表情のまま首を傾げる。

緋純もおかしなことを言っている自覚はあったらしい。汗を滲ませながら力なく乾いた笑みを浮かべてくる。

「私もそう思うんだけど、実際そうとしか説明しようがなくて……」

「今までも彩禍様が〈庭園〉から数日間離れることはあったと思いますが」

「あ、うん。そのたびにだいたいこんな感じ」

「…………」

──知らなかった。黒衣は眉根を寄せながら目を細めた。まあ、黒衣がもとの身体であったときは、それを知る由はなかったのだから当然ではあるけれど。

だが思い起こしてみれば、〈虚の方舟〉に瑠璃が閉じ込められたときも、長期間彩禍と無色に会えていなかったという理由でなんだかおかしなことになっていた気がする。黒衣にはよくわからなかったが、彩禍や無色の身体からは、瑠璃の生存に必要な何らかの栄養素が発されているのかもしれなかった。

黒衣が無言になっていると、瑠璃をフォローするように緋純が声を上げてきた。

「でも、安心して。瑠璃ちゃんこんなでも、授業はしっかり受けてるし、滅亡因子が現れたらバッチリ戦ってるから。魔女様がいないときだからこそ、〈庭園〉をしっかり守らなきゃって」

「この状態でですか？」

「うん。死んだような顔で次々と滅亡因子を屠っていくその姿に、死神の二つ名がついたくらいだよ」

「死神」

物々しい異名に、黒衣は思わず復唱してしまった。……まあ、バッドコンディションの中でもきちんと使命を果たす辺りは、さすが〈庭園〉騎士というべきだろうか。

とはいえ、無色と彩禍がいない間中ずっとこんな状態でいられても困る。黒衣は懐からスマートフォンを取り出し、レンズを瑠璃の方に向けた。

「瑠璃さん、瑠璃さん」

「あ……、くろ……え……？」

「はい。おはようございます。気落ちするのはわかりますが、しっかりしてください。瑠璃さんは〈庭園〉騎士。あまり弱気な姿を晒しては、生徒の動揺にも繋がります」

「でも……わ、たし……」

「ちなみにこの動画は、彩禍様と無色さんにお送りいたします」

「――だらっしゃァッ！」

黒衣が言った瞬間、瑠璃は車椅子の座面を踏み抜く勢いで跳躍した。

そしてそのままぐるんと空中で一回転し、見事な着地を決める。そののち、上空に吹き飛ばされた彩禍と無色のぬいぐるみをそれぞれの手で華麗にキャッチ。王者を讃（たた）えるかの如（ごと）く、ブランケットがその肩に舞い降りた。緋純が「おおー」と拍手をする。

しかし瑠璃はそれを誇るでもなく、ぬいぐるみを車椅子の上に優しく置くと、ずいと黒衣に詰め寄ってきた。

「ちょっと黒衣⁉　勝手に変な動画撮らないでくれる⁉」

鼻息を荒くしながらそう言ってくる。まだ若干憔悴（しょうすい）の色は見えるものの、だいぶ調子が戻ってきたようだった。

「変な動画とは心外な。瑠璃さんを映していただけですが」

「と、とにかく、二人には送らないでよね⁉　ていうか消して！　今すぐ！　即刻！」

「そんなに嫌ですか」

「嫌に決まってるでしょ！　あんなしおしおの姿を魔女様や兄様に見られたら生きていけないわ！」

「彩禍様も無色さんも、それくらいで瑠璃さんに幻滅したりはしないと思いますが」

「そ、そうじゃなくて！　私が嫌なの！　魔女様や兄様にあんな姿を見せたくないの！」

「なるほど。瑠璃さんはそれほどに、彩禍様や無色さんを敬愛していらっしゃるのですね」

「当たり前でしょ！」

「ところで瑠璃さん。落ち着いて聞いてくれますか」

「な、何よ」

「まだ撮っています」

「ミギャァァァァァァァァァァ――――ッ！」

黒衣が言うと、瑠璃は甲高い奇声を上げながら、黒衣のスマートフォンを奪おうと手を伸ばしてきた。すんでのところで身体を反らし、それを避ける。

とはいえ相手は腐っても騎士。目にも留まらぬ連続攻撃に、やがて黒衣は、押し倒されるような格好で地面に組み伏せられてしまった。

「はぁ……はぁ……手間かけさせてくれたわね……」

「痛いです。離してください瑠璃さん。乱暴は止めてください」

「何を白々しい。元はと言えばあんたが……って、さてはまだ撮ってるわね⁉」

「きゃっ。そんなところを触らないでください。いけません。ああっ」

「ちょっと止めてよ！　私が変なことしてるみたいじゃない！」

黒衣の淡々とした言葉に、瑠璃が悲鳴じみた声を上げる。

と、そのときであった。

黒衣のスマートフォンの画面に、緊急を示すアイコンがポップアップしたのは。

「これは……丹礼島に微弱な反応を確認？　神話級滅亡因子の可能性あり。騎士エルルカ・フレエラはじめ、島滞在者との連絡が途絶中──」

「なっ……!?」

黒衣と瑠璃は思わず顔を見合わせた。

◇

「浅葱たち、大丈夫でしょうか。あのまま置いてきちゃいましたけど……」

イセセリと呼ばれる女とその一団から逃げ回ることおよそ三〇分。島の東端近くに至ったところで、無色は心配そうに呟いた。

「何、心配いらぬじゃろう。恐らくやつらの狙いは、雄であるぬしじゃ。自分の身の心配をするがよい。──まあ本来は、わしであったのじゃろうがの」

エルルカがどこか遠い目をしながら言う。無色は怪訝そうに眉根を寄せた。

「エルルカさん、あの人たちって……」

「──しめた。雨じゃ」

と、そこで、エルルカが鼻をひくつかせながらそう言う。

「え？」

その言葉に、無色は目を丸くした。理由は単純なもので、辺りに雨など降っていなかったのである。

しかしエルルカがそう言ってからしばしののち、空が暗い雲に覆われたかと思うと、ぽつぽつと大粒の雨が降り注ぎ始めた。

「わっ、本当だ。なんでわかったんですか？」

「雨の匂いがした。それよりも、こっちじゃ。あまり身体を濡らさぬ方がよいじゃろう」

言って、親指で右方を示す。

そこには、山肌にぽっかりと口を開けた洞穴があった。さほど広くはないものの、島の中央部からは死角になっており、身を隠すには申し分ない。しばらくの間そこで雨宿りをしようというのだろう。

無色としても、先ほどから走り通しで、少し身体を休めたいところではあった。ふうと息を吐き、洞穴の中に入っていく。

エルルカは無色から一足遅れて洞穴に入ると、水気を飛ばすように全身をブルブルと振るってみせた。

するとそれを見計らったかのようなタイミングで、空から雷鳴が鳴り響く。

「僥倖じゃ。これならばしばらく見つかることはあるまい」

「え、雨降ってなかったら見つかってたんですか……？」

「やつらの鼻を舐めるな。この程度の広さの島ならば、どこに隠れても安心はできぬ」

「な、なるほど……」

無色が汗を滲ませながらうなずくと、エルルカは洞穴の中に落ちていた枯れ枝を割り、器用に山形に組み合わせた。

そして、唇をすぼめると、小さな声を零す。

「――るぉぉぉ――」

それは聞き知らぬ言葉のようであり、咆哮のようでもあった。

その声音に誘われるように、空中にパチパチと火花が散り、枯れ枝の山に炎が灯る。

「これは……」

にわかに出現した焚き火に、無色は目を丸くした。

それはそうだ。今エルルカが使ったのは、イセセリたちが使用していた技――巫呪だったのである。

「ふ。わしはもともとこちらが専門じゃ。今は〈庭園〉で活動する手前、顕現術式を主に扱っておるがの」

言って、小さく笑ってみせる。揺らめく火に照らされた貌が、なんとも幻想的だった。

姿形や先ほどの会話からして、エルルカとイセセリたちが同族であることはなんとなく察しが付いていたのだが、突然目の前で未知の術を使用されると驚いてしまうのだった。

とにかく、わからないことだらけである。無色は状況を整理しようと、意を決してエルルカに声をかけた。

「あの、エルルカさん——」

が、無色はそこで言葉を止めた。

理由は単純。エルルカが何の躊躇いもなく、白衣やインナーを脱ぎ始めたからだ。

「ちょっ、何してるんですか」

「ん？ 濡れた衣服は体温を奪うし、何より動きづらいからの。ぬしも今のうちに乾かしておくがよい」

無色が頰を赤らめながら言うと、エルルカはあっけらかんとした様子で返してきた。

……思いの外整然とした理由だった。無色はなんとなく恥ずかしくなって、視線を逸らしながら息を吐いた。

「……俺はあんまり濡れてないから、このまま乾かしますよ」

「そうか。季節が悪かったの」

「季節？」

「これが冬場なら、裸で温め合う言い訳になったのじゃが」

言って、エルルカがからからと笑う。無色はさらに頬を赤くしてむうと唸った。

「それより、一体何が起きてるんですか？　朝起きたらみんなの様子がおかしくなってて……イセセリさん、って言いましたっけ？　あの人たちの仕業なんですか？」

「いや。イセセリたちがこの件にどう関わっているかまでは知らぬが、直接の原因ではなかろう。――滅亡因子じゃ。それも恐らく、神話級に位置する代物じゃの」

「神話級……!?」

エルルカの言葉に、無色は思わず息を詰まらせた。

滅亡因子と一口に言っても、様々なものが存在し、その危険度によって等級が分けられている。

神話級と称されるそれは、最上位の幻想級をも超える規格外の存在であり、最強の魔女たる彩禍でしか対応不可能と謳われた滅亡因子だったのである。

「うむ。神話級（マイソロジア）滅亡因子〈キューピッド〉。その権能としか考えられぬ」

「〈キューピッド〉……」

　思いの外可愛（かわい）らしい名前に、無色は目を瞬（しばたた）かせた。

　エルルカが、こくりと首肯しながら言葉を続ける。

「そう。別名、愛の滅亡因子。ひとたび〈キューピッド〉が現れれば、周囲の生物は途端に激烈な恋に落ちると言われておる」

「それは……なんともロマンチックな滅亡因子ですね。……でも、それがなんで神話級なんですか？」

　無色は訝（いぶか）しげな顔をしながら首を傾（かし）げた。今まで何度か、神話級に数えられる滅亡因子と相対してきたが、それらはまさに、放置していれば世界が滅ぶような代物ばかりだったのである。

　そんな無色の反応を見てか、エルルカが「ふ」と微笑（ほほえ）む。

「神話級に数えられるものにしては、大したことのない力だと思うか？」

「そうとまでは言いませんけど……」

「まあ、無理もない。愛やら恋やらは、肯定的に捉えられることの多い言葉でもある。

――じゃが、抑えの利（き）かぬ情欲というのは恐ろしいものじゃぞ。〈キューピッド〉の権能に当てられた者は、寝食を忘れて肉を求め、まぐわいを続ける。それこそ、その身体が壊れ、命が果てるまでな。事実、数百年前彩禍がこれを打ち倒すのがあと少しでも遅れていたならば、国が幾つかなくなっていたじゃろう」

「…………」

怖気を震う表現に、無色は顔を蒼白にして汗を滲ませた。……なるほど。言うなれば生物としての本能にバグを生じさせられてしまうようなものだ。確かに恐ろしい力である。

が、仮に今、島で猛威を振るっているのがその〈キューピッド〉だとするのならば、わからないことがある。無色は自分の身体を見下ろしながら眉をひそめた。

「俺たちは、なんで無事なんでしょう」

少なくとも無色は、話に聞くような異常な情動に心を支配されたりはしていない。

エルルカに関してはだいぶ奇行が目立つため、本当に〈キューピッド〉の影響を受けていないのか微妙なところだったが、竜胆たちに比べて理性を保っているのは確かだった。

するとエルルカは、自分の身体を、つつ……と指でなぞりながら答えてきた。

「わしは普通の人間よりも、内在魔力がだいぶ濃いようでな。わしの唾液や汗などの体液には、傷の治りを速めたり、外部からの魔力干渉を受けづらくする力があるのじゃ」

「そうなんですか？」

「うむ。無論程度にもよるがの。そして、ここからは推測になるが──」

エルルカは悪戯っぽい笑みを浮かべながら続けた。

「もしも〈キューピッド〉がその権能を発現した瞬間、わしと密室で組んず解れつなどしておったならば、その相手もわしの加護に与れたかもしれんの」

「ご、誤解を招く言い方しないでください。エルルカさんが一方的に組み付いてきただけじゃ──」

言いかけて、無色はハッと肩を揺らした。

「……！　まさか、エルルカさん。昨日の夜のあれは、滅亡因子の発生を予見して、俺を守るために……⁉」

「それはただむらむらしただけじゃ」

「…………そうですか」

きっぱりと言い切るエルルカに、無色は汗を滲ませながら渋い顔を作った。

「まあ、あくまでそれは推測に過ぎん。他に理由があったのかもわからぬ。──今確かなのは、〈キューピッド〉の権能としか思えぬ力に皆が当てられ、雄であるぬしを求めて島中を彷徨い歩いているということじゃ。一刻も早く〈キューピッド〉を討滅せねばならぬが……今のところそれらしき姿は見ておらぬ。一体どこに隠れておるのやら」

言って、エルルカがあごを撫でる。

確かにその通りだ。竜胆、浅葱、来夢、涅々、そしてどこから現れたのか、イセセリたちまでもが無色を探し回っている。その目をかいくぐりながら、どこにいるかもわからない滅亡因子を発見せねばならないのは至難の業だった。

「生徒だけならばまだやりようがあったが、『森の民』の鼻は厄介じゃ。さて、どうしたものかの」

エルルカが難しげな顔をしながらぽつりと零す。

森の民。聞き慣れぬその名に、無色はぴくりと眉を揺らした。

「あの、イセセリさんって、エルルカさんの……知り合い——なんですよね？」

「うん？　ああ、まあ、そうじゃの」

「一体何があったんです？　随分恨みを買ってたみたいですけど……」

無色が尋ねると、エルルカは「んー……」と目を閉じながら頭をかいた。

「一刻も早く〈キューピッド〉の本体を探さねばならぬところじゃが、もう少し雨脚が弱くなってからの方がよいか。まあ、それまでの間なら話してやろう」

エルルカはしばし考えを巡らせるような仕草を見せたのち、ぽつぽつと語り出した。

◇

――雪深い森は、そのまま白に埋もれて消えてしまいそうではあった。

荷籠を抱えた少女は、白い息を吐き、白い道を歩きながら、漠然とそんなことを思った。

彼女の住むこの北の地において、冬の息吹は全てを塗り潰す。木々も、大地も、川も、一切の区別なくその沈黙の底に沈めていく。

「…………」

――どうせなら、呑み込んだまま全部消してくれればいいのに。

少女は陰鬱に吐息を零すと、しかしすぐ気を取り直すように頭を振った。それに合わせて、頭の上の耳と、臀部の尻尾が大きく揺れる。

『大狼様』は勘がいい。不機嫌そうな顔をしていたら、すぐに見抜かれてしまうだろう。

少女は深呼吸をすると、ぱちりを目を開け、歩みを再開した。

雪道に足跡を付けることしばらく。大きな古木の家に辿り着く。

奇妙な表現ではあるが、他に言い表しようがなかった。大木をくりぬいて家を作ったかのように、あるいは元からそこにあった家が成長した木に呑み込まれてしまったかのように、木と家屋が一体となっていたのである。

そこには、『森の民』の守り神が住んでいた。

一族の最長老であるとか、かつて森を守るために戦った戦士の生き残りであるとか言われていたけれど、少女には正直よくわからなかった。大狼様に関する逸話は枚挙に暇がないほどだったが、そのほとんどは少女が生まれる前のものであったから。

ただ一つ確かなのは、少女はその守り神と話をするのが、案外嫌いではないということだった。

「——大狼様」

扉を開けて声をかけると、部屋の奥の寝床で、人影がもぞりと身を起こした。

「……ん？　おお、イセセリか」

言って、ふぁあと大きなあくびを零しながら目を擦ったのは、最長老とか大狼様とかという仰々しい異名で呼ばれるには、あまり似つかわしくない若い女性だった。歳はもう一〇〇を超えているという噂だったが、巫呪の達人である彼女の容姿は若々しく、せいぜい二〇代くらいにしか見えない。

ピンと立った耳に、艶やかな尻尾。そして均整の取れた美しい肢体——

と、そこで少女——イセセリは渋い顔を作った。

大狼エルルカは、その身に一切の衣服を纏っていなかったのである。

「また裸で寝てましたね？　風邪引きますよ」

「寝ているときまで服なぞ着とうない」

「じゃあもう起きたんだから着てください。ほら、せめて上着羽織って」

イセセリが言うと、エルルカは面倒そうな顔をしながら渋々上着を羽織り始めた。

「相変わらず口やかましいやつじゃのう。いつからわしの女房になったのじゃ」

「私だからいいですけど、男の人が来たらどうするんです？」

「うん？　そんなの面白いだけではないか」

「何言ってるんですか、もう」

「はは。そう案ぜずとも、好きこのんでここに来る変わり者はぬしくらいじゃ」

軽い調子で笑いながらエルルカが言う。

その言葉に、イセセリは安堵のようなものが胸に広がるのを感じた。

何となくそれは、エルルカの裸体が男に見られなくてよかったというよりも、この空間がイセセリだけのものであることに喜びを覚えてしまった感があった。恥じ入るような気持ちになって、思わず顔を伏せる。

するとエルルカが、肩をすくめながら続けた。

「一声かける前に扉を開ける無作法者もの」

「……それは、ごめんなさいですけど」

　イセセリが詫びると、エルルカは可笑しそうに笑った。

「母の使いで初めてここに来たときは、子兎のように怯えておったのにの。随分とまあ図太くなったものじゃ」

「む、昔のことじゃないですか」

　イセセリは頬を赤くしながら呻くように言うと、ため息をひとつ零したのち、手にしていた荷籠を差し出した。

「それより、これ。母様からです。干し肉と干し魚。それとお酒も」

「おお、ありがたい。これで冬が越せる」

「お酒は一気に飲み過ぎないようにって言ってました」

「わかっておる、わかっておる」

　エルルカは荷籠を受け取ると、愛おしそうに頬ずりをした。

「荷籠を返すのは次来たときでいいかの？」

「あ……、はい――」

　エルルカの問いに答えたところで、イセセリは心中で「しまった」と呟いた。

　気をつけていたつもりだったのだが、不意の問いに、表情に憂鬱な色が滲んでしまった気がしたのである。

果たしてエルルカはぴくりと眉を揺らすと、小さく首を傾げてきた。

「何かあったか？」

そして、全てを見透かすような澄んだ目でそう尋ねてくる。

そんな目で見つめられて空言を吐けるほど、イセセリは歳を重ねてはいなかったし、駆け引きに長けてもいなかった。観念するように息を吐き、続ける。

「……もしかしたら、あまりここには来られなくなるかもしれません」

「うん？　どういうことじゃ？」

「次の私の誕生日に、婿取りをします。うちには娘しかいないから、跡取りに相応しい男を決めるんだって、父様が」

改めて言葉にすると、陰鬱な気分が肺腑を侵していった。

後悔が脳裏を掠める。いつかは言わねばならないと思ってはいたけれど、イセセリだけの居場所だった大狼の家を、その言葉で汚してしまったような気分になったのである。

エルルカはあごを撫でるような仕草をしながら、片眉を上げた。

「婿取り――か。そういえばぬしの父は今の族長であったか」

「……はい」

イセセリは重苦しい心地でうなずいた。

森の民にとって、血を繋いでいくのは一大事である。それが族長の娘ともなれば尚更だ。イセセリに拒否権などあろうはずもなかった。

運命を呪わないと言えば嘘にはなったが、イセセリが大狼エルルカの身の回りの世話をするお役目を賜ったのもまた、族長の娘であったからに他ならない。複雑な心地になりながら、イセセリは続けた。

「一族の中から腕自慢を集めて、戦わせるらしいです。最後に勝ち残った人が、私の婿になるとか、なんとか」

「はは、古い男じゃのう」

「……………」

イセセリが無言でいると、エルルカは眉を揺らしながら視線を寄越してきた。

「あまり気乗りせぬ様子じゃの。もしや好いておる男でもおるのか？」

「いませんよ、そんなの。私まだ、恋なんて気持ちもよくわからないのに」

その言葉に、エルルカはしばしの間ジッとイセセリの目を見つめたのち、やがて「そうか」と短く呟いた。

「まあ、気の毒じゃが諦めることじゃな。駄々を捏ねたところでどうにもならぬ」

「…………、わかってますよ、言われなくても」

エルルカの言葉に、イセセリは居心地悪そうに返した。

別にエルルカが事態をなんとかしてくれると思っていたわけではないのだが、想像以上にけんもほろろな言い様に、軽い落胆を覚えてしまったのだ。

いや、もっと正確に言うのなら、勝手にエルルカに期待して、勝手に失望してしまった自分自身に嫌気が差したという方が正しかったかもしれない。なんだかエルルカの前にいるのが無性にいたたまれなくなって、イセセリは思わず顔を伏せた。

「……もう帰ります。今までありがとうございました」

言いながら、懐から青い石を連ねた首飾りを取り出し、エルルカに手渡す。

「これは？」

「お守りです。想いを込めながら一つずつ連ねました。……大狼様、私がいないとすぐ不摂生をするから。これからも、どうかご壮健で」

「ん、そうか。ぬしも達者での」

エルルカが軽く言いながら、ひらひらと手を振ってくる。

いつもは居心地がよかったその気安さが、今は無性に胸を締め付ける。

もしかしたら、ここを居場所と思っていたのは、この語らいの時間を楽しみにしていたのは、イセセリだけだったのかもしれない。エルルカにとってイセセリは、ただ暇潰しをするだけの相手に過ぎなかったのかもしれない。

そんな考えが頭を過ると同時、目にじわりと涙が滲んでくる。

イセセリは、それをエルルカに見せぬよう、足早に外へと向かった。

「――ああ、そうじゃ。イセセリ」

が、不意に背に声をかけられ、イセセリは足を止めた。

「……なんです？」

振り向かぬまま問うと、エルルカは変わらず気安い調子で続けてきた。

「ぬしの誕生日は、いつだったかの」


――それから五日後。イセセリ一五歳の誕生日。

集落の中心部に位置する広場には、幾人もの森の民が集まっていた。

イセセリたちと同じく狼の因子を持った者の他にも、熊や兎、鹿や栗鼠、梟など、様々な獣の特徴を有した者たちが勢揃いしている。

無論、全員が戦いの参加者というわけではない。娯楽の少ない森深くの集落において、族長の娘の婿取りというのは一大催事（イベント）だ。皆、次期族長の顔を一目見ようと、あるいは単純に、腕自慢の若人（わこうど）たちの戦いを観戦しようとここに集まっていたのだ。

さすがに賭け事は禁止されているものの、食べ物や飲み物、木を彫って作ったよくわからない記念品を売り歩く者などはちらほらと見受けられる。集落の人間ほとんどがここに集っているのではないかと思えるような盛況ぶりだった。

「…………」

広場の横に設（しつら）えられた物見台のような建物の中で、イセセリは居心地悪そうに身じろぎした。

とはいえそれも当然といえば当然のことではある。何しろイセセリは今、花嫁衣装をその身に纏わされ、見世物の如（ごと）く観衆の前に座していたのだから。

――まるで賞品扱いだ。陰鬱な息を吐いたところでイセセリは思い直した。まるで、ではなく、今のイセセリは賞品そのものなのである。

イセセリは今日、勝者の番（つが）いとなる。そこにイセセリの意思などは介在しない。むしろ自我など持たない方が都合がいいくらいだった。それが家のためであり、ひいては一族のためなのだ。

イセセリは無言のまま空を見上げた。

こんな日こそ全てを白で塗り潰して欲しいのに、空は嫌になるほどの晴天だった。

「――待たせたな、皆の者」

ほどなくして、イセセリの隣に父・ノテカリマが現れ、大きな声を発した。ざわざわとしていた観衆たちが静まりかえり、そちらに視線を送る。

「これより、選定儀を執り行う。勝者は我が娘・イセセリの婿となり、次期族長の資格を得るものとする。――我こそはと思う者は、広場の中央に集まるがよい」

ノテカリマの言葉に、観衆の中から数名の男たちが、気合いを入れるように雄叫び(おたけ)びを上げながら進み出る。

その勇ましい姿に、大きな歓声が上がった。

「…………」

会場の盛り上がりとは対照的に、イセセリは冷めた視線でそれを見下ろしていた。

広場に進み出た人影は一〇名。見知った顔もあれば、あまり知らない者もいる。イセセリに選択権がないのは百も承知だが、立派な髭(ひげ)を蓄えたむくつけき大男には、悪いがあまり勝って欲しくないなと思ってしまった。体格差がありすぎると、夫婦生活が大変そうであったから。

と、参加者たちの姿を順繰りに見ていたイセセリは、ふと眉を動かした。

参加者の中に一人、頭からすっぽりと外套を被った人物が紛れていたのである。

「何、あれ……」

イセセリはその怪しい風体に眉をひそめたが、その声が誰かに聞かれることはなかった。

隣で父が、高らかに声を上げたからである。

「私の合図を戦いの開始とし、最後まで広場に立っていた者を勝者とする。武器の使用は禁止。巫呪の使用はしてもよいが、相手を死に至らしめた場合は失格とする。よいな？」

『おおッ！』

広場から、参加者の野太い応答が響く。

ノテカリマは大仰にうなずくと、両手を掲げるようにしながら宣言した。

「よろしい。では勇士たちよ。存分にその力を示すがよい。――始め！」

ノテカリマがそう言った、次の瞬間。

筋骨隆々とした戦士たちの身体が、軽々と宙を舞った。

「え――」

イセセリは一瞬、皆が一斉にその場から跳躍したのかと思った。

けれど、違う。戦士たちは空中にだらんと手足を投げ出すと、そのまま力なく地面に沈んでいった。

悲鳴も、苦悶もなく。九名の戦士たちが気を失い、倒れ伏す。

信じがたい光景に、イセセリは目をまん丸に見開いた。

否、イセセリだけではない。観衆も、ノテカリマさえも、今目の前で何が起こったのかわからないといった様子で、顔を驚愕の色に染めていた。

「な、な……」

「これは……一体……」

皆が呆然としていると、広場に立っていた最後の一人——件の外套の戦士が声を上げてきた。

「——最後まで広場に立っていた者を勝者とする。その言葉に二言はあるまいな？」

その言葉に、ノテカリマが我に返ったようにハッと肩を揺らす。

「……無論だ。そなたのように強き者と縁を結べるのは、願ってもないこと。しかし、そなたは一体どこの誰だ？　外套を取って顔を見せてはもらえぬだろうか」

「おっと、これは失礼をした」

戦士は戯けるようにそう言うと、外套を一息に脱ぎ去った。

「——」

外套の下から現れた顔を見て、イセセリは息を詰まらせた。

それはそうだ。何しろそこにいたのは、集落の外れに一人住まう、森の民の守り神、大狼エルルカその人だったのだから。

「大狼様——」

イセセリは思わずその名を呼んだ。それに呼応するように心臓がどくんと大きく脈動し、全身に熱が巡っていく。

ざわめく観衆の中、ノテカリマが混乱したような様子で声を上げた。

「た、大狼様……戯れはお止めください。これは、我が娘の婿を決める、極めて重要な儀式でありまして——」

「わかっておるとも。じゃから、わしがそれに参加して、勝った。何ぞ問題があるか？」

腕組みしながら言うエルルカに、ノテカリマは困り顔を作った。

「大狼様は女ではありませぬか……」

「まあ、そうじゃの。しかし参加条件に性別の規定はなかったはずじゃぞ」

「それは……婿を取ると言っている以上、普通男でしょう！」

「女に勝てぬ男を婿入りさせてものう」

「あなたに勝てる者などこの世におりませぬ！」

ノテカリマが絶叫じみた声を上げると、エルルカは可笑しそうにからからと笑った。

「まあ、そういきり立つな。わしも別に、ぬしの家を断絶させようなどとは思っておらぬ。二年後か、三年後か——イセセリに誰ぞ好いた男の一人でもできたなら、大人しく身を退(ひ)いてくれるわ」

「な……」

その言葉で、エルルカの狙いがわかったのだろう。ノテカリマが目を見開く。

エルルカはニッと微笑(ほほえ)むと、イセセリの方に顔を向けてきた。

「というわけじゃ。来るか？　イセセリ」

「——はいっ」

イセセリは微塵(みじん)の逡巡(しゅんじゅん)もなくそう答えると、花嫁衣装をはためかせながら、物見台の上から飛び降りた。

「……！　イセセリ！」

ノテカリマや観衆たちのざわめきや悲鳴が、広場に響く。

けれどイセセリに不安はなかった。何しろ眼下には、誰よりも頼もしい、イセセリの伴侶が待ち構えていたのだから。

「——っと。来るか、とは言ったものの、無茶をする」

エルルカはイセセリをしっかと抱き留めると、唇を笑みの形にしたのち、ぐっと地を踏

みしめるように体勢を低くした。

「では、さらばじゃ。祝いの品はいくらでも受け付けるゆえ、わしの家に持ってくるとよい。酒が多めじゃと特によい」

「大狼様！　イセセリ！」

物見台の上からノテカリマが叫んでくる。

しかしエルルカは構わず、イセセリを抱く手に力を込めてきた。

「跳ぶぞ。摑まっておれ」

「はい！」

イセセリが答えると、エルルカは勢いよく地を蹴り、空へとその身を躍らせた。

◇

「――と、そうして、仮とはいえわしとイセセリはいっときの番いとなったわけじゃな。思えばあの淑やかなイセセリが、随分とまあ逞しくなったものじゃ」

激しい雨音と、ぱちぱちという焚き火の音の中、エルルカは話をそう締めくくった。

「…………、ええと。それで終わりですか？」

しかし、どうにも腑に落ちない。無色は汗を滲ませながら問うた。

「そういうわけじゃないですけど……」

不満があるわけではない。ずっと気になっていたエルルカとイセセリの関係性は理解できたし、謎に包まれていた〈庭園〉の最古参、エルルカの過去の一端を知れたというのも意義深いことのように思われた。

だが、その話だけではわからないことがある。無色は意を決して問いを続けた。

「今の話だとだいぶハッピーエンドな気がするんですけど、一体イセセリさんはどうしてあんなにエルルカさんのことを恨んでたんですか？」

無色が問うと、エルルカは目を細めながら腕組みした。

「あー……それな。まあいろいろあってのう」

歯切れ悪く言うエルルカに、無色は「まさか」と眉根を寄せた。

「エルルカさんの浮気とか……ですか？」

「せぬわ、そんなこと」

「……本当ですか？」

つい数時間前、熱烈に迫られた無色が半眼を作りながら言うと、エルルカは小さく咳払いをしながら続けてきた。

「身体と心は別じゃから……」

「うわあ」

「冗談じゃ、冗談」

エルルカは肩をすくめながら言うと、しばしの逡巡ののち、ぽつぽつと語り始めた。

「まあ、なんじゃ。その後しばらくは奇妙な生活が続いたわけじゃ。イセセリのやつめ、あれほど結婚を嫌がっていたのにやたらと張り切りおっての」

「イセセリさんは結局、他の男の人と再婚はしなかったんですか？」

「んー、今はどうかわからぬが、わしの知る限りはしておらんかったの」

エルルカは思い出すようにそう言うと、ぽりぽりと胸元をかきながら続けた。

「それであるとき──」

「はい」

「いろいろあって、わしがイセセリと故郷を捨てて逃げてしまっての」

「………へ？」

さらりと告げられた情報に、無色は間の抜けた声を返した。

「もしかしたらそれが原因かもしれんのお」

「……や、もしかしなくても原因それだと思いますけど……一体何があったんです？」

無色が渋面を作りながら問うと、エルルカは「んー」と腕組みした。

「まあ、いろいろじゃ」

無色には話せないことなのか、はたまた単に話したくないだけなのかはわからなかったが、エルルカは誤魔化すようにそう言った。

気にならないと言えば嘘にはなったが、誰しも言いたくない過去の一つや二つあるだろうし、仮に無色がそれを知ったところで打開策が示せるとも思えなかった。むうと唸りながらも口を噤む。するとエルルカが、肩をすくめながら続けてきた。

「……あやつとの生活は、まあ、悪くはなかった。たぶんあやつも、そう思ってくれていたのじゃろう。悪いことをしたと、今でも思っておるよ」

「エルルカさん……」

エルルカの言葉と表情に、無色は余計にわからなくなった。少なくともエルルカから聞く限り、二人の関係は良好なように思われたのである。

湿っぽくなってしまった空気を払うように、エルルカが、ふう、と吐息する。

「──ともあれ、イセセリのこともあるが、今は〈キューピッド〉をなんとかせねばならぬ。権能の影響が島の中だけにとどまっているのならばまだいいが、これがもっと広範囲に及んでいったならば大変じゃ。そうなる前に本体を捜し出し、討滅せねばならぬ」

「はい。……って言っても、現状何も手がかりがないんですよね。そもそも〈キューピッド〉ってどんな姿をしてるんですか？」

無色が尋ねると、エルルカは空中で人差し指をくるくる回しながら続けた。

「数百年前、彩禍とともに討滅したときに見た姿は、金色に輝く、羽の生えた丸っこい物体といった感じじゃった。粘土で作った赤ん坊とでも言おうかの」

「な、なるほど……」

頭の中でその姿を想像しながら、無色は眉根を寄せた。……なんだか不気味な形になってしまった気がする。

「さて――」

言って、エルルカはすっくと立ち上がった。座っていたときは辛うじて見えなかった部分が露わになり、思わず目を逸らす。

しかしエルルカは恥じらう素振りも見せず、身体を解すように柔軟体操を始めた。

「雨脚も弱まってきたの。今のうちに島の中を捜索したいところじゃが、生徒やイセセリたちに狙われているぬしを一人残していくのも不安じゃの。ついてこられるか？」

「服が濡れるのは嫌って言ってませんでしたか？」

「ん？　服はここに残して、このまま行けばよかろう」

「ええ……」

「冗談じゃ。背に腹は代えられまい」

エルルカが肩をすくめながら言ってくる。無色はやれやれと息を吐いた。

とはいえ、彼女の提案自体はもっともである。無色は意を決するように頰を張ると、顔を上げた。

「――行きます。一刻も早く〈キューピッド〉を見つけましょう」

「ふ。そう来なくてはの――」

と。

エルルカが唇の端を上げながらそう言った瞬間であった。

無色たちが隠れていた洞穴を、大きな震動が襲ったのは。

「な……地震……!?」

「――違う。外へ跳べ！」

無色の狼狽を掻き消すように、エルルカが鋭い叫びを上げる。

無色はハッと肩を震わせると、彼女の指示に従って洞穴の外へと飛び出した。

無色たちが洞穴から出た一瞬あと。地面が大きく隆起したかと思うと、そこから現れた巨大な蛇の如きシルエットが、のたうつようにして洞穴を易々と崩壊させた。

「これは――」

「ち、〈ワイアーム〉か。こんなときに」

エルルカが忌ま忌ましげに顔を歪め、小さく舌打ちする。

よくよく見やると、その巨大なシルエットは、太い縄状の姿をしているものの、蛇のような爬虫類とは明らかに様相が異なっていた。円柱が連なったかのような身体に、鱗のない表皮。目のない頭部には、鋭い歯の並んだ円形の口がついている。どちらかというと、蚯蚓などの環形動物に近い姿である。

無色はハッと息を詰まらせると、その生物にスマートフォンのレンズを向けてみた。すぐに小さな効果音が鳴り、画面に文字列が表示される。

【〈ワイアーム〉。取得難度9／素材評価8。強壮剤の材料】

高レベルモンスターだ。マップを見やると、無色たちが今いるエリアが、赤に染まっていることがわかる。どうやらイセセリたちから逃げ回るうち、危険区域に入ってしまっていたらしい。

そうだ。忘れてはいけなかった。現状の最優先目標は神話級滅亡因子の発見及び討滅であるが、そもそもここは、無数の怪物が巣くう場所であったのである。

「時間をかけている暇はない。速攻で片を付けるぞ」

エルルカは視線を鋭くすると、〈ワイアーム〉に向かうように前傾姿勢を取った。

そして、吠えるような声音で以て、唱える。

「第三顕現――【雪華粧】」

その、顕現体の名を。

瞬間、エルルカの両手、そして胸元に、赤い輝きを放つ界紋が三画、現れた。

そしてそこを起点とするかのように、彼女の身体を魔力の光が覆っていき、衣服の形を取って固定される。

両腕を覆う丈の短い外套に、独特の紋様が描かれた前垂れ。その様はどことなく、イセリたち森の民が身につけている装束に印象が似ているように思われた。

顕現術式・第三顕現。魔力で創り出した顕現体で身体を鎧う〈同化〉の位階。

即ち、現代魔術師の臨戦態勢である。

「ひゅうぉぉ――――」

風鳴りのような咆哮を残し、エルルカは地を蹴った。

彼女の姿がぶれるように掻き消え、次の瞬間、〈ワイアーム〉の身体に深々と裂傷が生じる。血のように体液が飛び散り、〈ワイアーム〉が苦しげに身を捩った。

「……………！」

一拍遅れて、無色は理解した。エルルカが目にも留まらぬ速度で、〈ワイアーム〉の身体を切り裂いたのだと。

「【轟熊(キムンペ)】――《爪(アム)》」

いつの間にかその手の先には、魔力で形作られた巨大な爪が並んでいた。

エルルカが空中で身を捻(ひね)り、両腕を広げる。

否(いな)、それだけではない。今し方目にも留まらぬ跳躍を見せた足には狼(おおかみ)の如き爪が、空中で姿勢を制御する背には梟(ふくろう)の如き羽が、それぞれ現出している。まるで、獣の形を取ったエルルカの第二顕現たちが、彼女の身体を包んでいるかのような様相であった。

そして。

「――るぉぉぉぉ――――!」

エルルカが独特の発声で以て吠え声を響かせたかと思うと、森の木々から魔力が集まっていき、彼女の身体を灯(ともしび)のように発光させた。

――顕現術式と巫呪(トゥス)の併用(コンビネーション)。

恐らくこの世界において、エルルカ・フレエラのみに許された闘法。

エルルカの爪のひと振りが、足のひと薙(な)ぎが、必殺の威力を帯びる。巨大な〈ワイアーム〉の身体が、まるで柔(やわ)な粘土細工のように輪切りにされていった。

「すごい……」

雨の中。閃光の如く舞うその姿に、無色は思わず感嘆を零した。

エルルカが第三顕現を以て戦う姿は初めて目にしたが――あまりに圧倒的であった。

対する〈ワイアーム〉も強力な敵であるはずなのだが、まるで相手になっていない。

喩えるならば、意思を持った弾丸。触れることはおろか、目に留めることさえも許さぬ、暴虐の具現。彩禍の壮麗なる魔術とは方向性の異なる、いわば凝縮された『個』の極致。

騎士エルルカ・フレエラ。〈庭園〉の最古参にして、魔女・久遠崎彩禍が最も信を置くと言われる魔術師。

その評判を懐疑していたわけではないけれど、こうしてその姿を目にすると、皆が彼女に畏敬を抱く理由が改めて実感できた気がした。

と――

「…………！」

そこで、無色は小さく息を詰まらせた。

別に、エルルカに何か問題が生じたわけではない。〈ワイアーム〉に不審な動きがあったわけでもない。

ただ、視界の端に、金色の光のようなものが見えた気がしたのである。

「っ、あなたは――」

弾かれるように後方を振り向き、その感覚が勘違いでないことを確信する。

雨に濡れる木々の合間から、ぼんやりとした金色の輝きを帯びた女性が、こちらを睨み付けていたのである。

短く刈られた髪。傷の刻まれた面。頭部に生えた耳と臀部の尻尾。

間違いない。イセセリだ。

「見つ――けたァ……」

イセセリは水を求めて砂漠を練り歩いた遭難者のような調子で言うと、ゆらりと身体を前屈させた。

それに合わせて、幾つもの眼光が周囲に生じる。

そこでようやく無色は気づいた。いつの間にか、息を荒くした森の民たちに包囲されてしまっていたことに。

「な――」

なんで、と言いかけて、ハッと肩を揺らす。

確かに雨によって無色の匂いは掻き消されていたかもしれない。

しかし〈ワイアーム〉の出現によって、無色たちの隠れていた洞穴は崩落。必然、それに伴う凄まじい騒音が周囲に撒き散らされていたはずだった。獣の聴力を持つ彼女らがそれに気づかぬはずはない。

「ろおおおおお――っ！」

　イセセリたちが一斉に無色目がけて飛びかかってくる。

　同時、巫呪を発動させたのだろう。魔力が指向性を帯び、無色の身体を拘束するように渦を巻いた。

「く……！」

　無色は顔をしかめると、意識を集中させ、右手を掲げた。

「【零至剣】！」

　頭上に二画の界紋が輝くと同時、右手の中に、剣の柄を握る感触が生まれる。

　無色は顕現した透明な剣を振るうと、自分の身体に纏わり付こうとしていた魔力の流れを打ち払った。

「ほう――魄を斬る剣か。面妖な」

　イセセリが地を馳せながら訝しげに漏らす。

　しかしすぐに、興味深そうに目を細めた。

「だが、よい。面白い」

「強き血だ」「強き雄だ」

「その胤が欲しい」

「寄越せ」「抱かせろ」

イセセリに呼応するように、森の民たちの声が四方八方からこだまする。

無色は断続的に襲い来る巫呪を【零至剣】で切り払っていたが、多勢に無勢すぎる。

やがて殺到した森の民たちに腕を、足を摑まれ、地面に組み伏せられてしまった。

「うぐ……っ！」

「あァ……はァ――」

イセセリが熱に浮かされたような顔のまま、無色に馬乗りになってくる。

先ほどエルルカに教わったように、お腹と尻尾の付け根を同時に撫でようにも、両腕を押さえつけられているため上手くいかなかった。

イセセリが、甘い吐息を零しながら、ゆっくりと顔を近づけてくる。

だが――

「――貴様か。貴様なのか？　エルルカを誑かしたのは」

「え……？」

譫言のようなその言葉を聞き、無色は眉根を寄せた。

「──くそ。胤を寄越せ。貴様がいなければ。辱めてくれる。エルルカ。なぜ──」

貪るように無色の肌に舌を這わせながら、イセセリが断片的に言葉を零す。双眸には涙が浮かび、時折無色の肌を伝って落ちた。

明らかに、尋常な状態ではない。怨讐に囚われたものとも、情欲に浮かされたものとも異なる、深い悲哀を帯びた声音。神話級に数えられる滅亡因子の権能に支配されてなお残る何かが、彼女にはあるように思われてならなかった。

「──無色！」

そのとき、〈ワイアーム〉と戦っていたエルルカの声が、天空より響く。

エルルカは背の羽で虚空を叩くように空を舞うと、地上目がけて降下してきた。森の民たちが無色を奪われまいと警戒するように展開し、イセセリもまた上方に視線を向ける。

「エル……ルカぁ──」

「…………っ！」

好機。無色は身体を捻って手足を引き抜くと、イセセリを撥ね除けるようにして拘束から脱した。

「くぁ……っ」

イセセリが小さな苦悶とともに後方に倒れる。無色は慌てて身を起こすと、森の民たちの包囲を抜けた。

とはいえ、根本的に事態が解決したわけではない。未だ周囲は森の民だらけであるし、仮にここから逃げおおせたとしても、彼女らが〈キューピッド〉の権能に囚われている限り、雄である無色を追い続けてくるだろう。

「あ――」

と、そう考えたところで、無色は短く息を吐いた。

一つ、この状況を打破する方法が、脳裏を掠めたのである。

この方法が成功すれば、恐らくイセセリたちが無色を追ってくることはなくなる。無論〈キューピッド〉の本体を討滅せねばならないことに変わりはないが、その捜索も少しは楽になるだろう。

だが、問題はある。この方法を行うためには、一つ必要な工程があったのである。

無色は視線を巡らせ、周囲を見回した。エルルカ――は、森の民たちと戦っている。こちらに対応している余裕はなさそうだ。イセセリをはじめとする森の民たちもアウトだ。目的を達する前に捕まってしまう可能性が高かった。竜胆や浅葱たちの姿もない。

「くっ、こんなとき、あれさえあれば――」

と。

周囲に視線を巡らせていた無色は、そこで言葉を止めた。

理由は単純。視界の端に、とあるものが映ったからだ。

「……っ！　あれは」

無色は息を詰まらせると、そちらへ駆け寄った。

雨に濡れる木々。その一本の枝に、手のひらサイズの可愛らしいぬいぐるみが引っかかっていたのである。

間違いない。瑠璃が作ってくれた、手のひら彩禍ぬいぐるみだ。島に降下したとき紛失してしまっていたものであるが、まさかこんなところに落ちていたとは。

「すみません。長い時間放っておいてしまって」

まるで彩禍のぬいぐるみが幸運を引き寄せたかのような偶然。無色は優しい手つきで、枝に引っかかっていたぬいぐるみを手に取った。

「――雄は、雄はどこだ」

「あそこだ！」

後方から、森の民たちが追ってくる。

しかし。無色は逃げなかった。別に足が竦んだわけではない。逃げても無駄と思ったわけでもない。ただ――最後のピースが揃ったのだ。

（――よく聞いてください、無色さん）

〈庭園〉出立前の黒衣の言葉が、脳裏に蘇る。

（原則、補習中にこれは行わないでください。ですが万が一、なんらかのイレギュラーが起こった場合のみ、使用を許可します）

そう言って黒衣は、瑠璃お手製の手のひら彩禍ぬいぐるみを、無色に渡してきた。

――彼女の魔力が込められた、ぬいぐるみを。

「……っ！」

森の民たちが迫る中、無色は彩禍のぬいぐるみに、ちゅっと口づけた。

「な――」

遠くから、驚くようなエルルカの声が聞こえてくる。

しかしそれも無理からぬことだろう。何しろぬいぐるみとキスをした瞬間、無色の身体が淡く輝き、その形を変化させていったのだから。

存在変換。キスを介して魔力を供給されることにより、融合術式によって合体した彩禍と無色、二人の身体が、コインを裏返すかのように変貌する。

本来であれば黒衣とのキスでのみ発動する現象であるが、事前に黒衣の手によって術式を施しておくことにより、別の人物とのキスでも変換が可能となるのである。

　しかしながら、それではあまりにも無節操過ぎるということで、念のための備えとして、一回分の存在変換に相当するだけの魔力を、黒衣がぬいぐるみに込めてくれたのだ。

　一瞬にして美少女に変貌した無色の姿に、迫っていた森の民たちが混乱を露わにする。

「あれ――」「おかしい」

「雄はどこだ」「探せ」

　と、困惑するように辺りを見回す。

「ふむ。やはり性別が変わると途端に興味を失うようだね」

　無色はその隙を衝いて、意識を集中させた。

「――【未観測の箱庭】」

　無色の頭上に天使の輪の如き二画の界紋が、手に巨大な杖が出現する。

　瞬間、無色の意に従うように地面が変質し、触手の如く蠢いて森の民たちを搦め捕った。

「ぐあっ！」

「うぐ……」

　幾つもの苦悶の声が響いて、森の民たちが倒れ伏す。

　すると、そんな森の民たちの合間を抜けて、エルルカがやってきた。無色の姿を頭頂からつま先まで見回し、ぽつりと言ってくる。

「――彩禍」

「ああ、うん、エルルカ。これはだね……」

仕方のないことではあるが、存在変換の瞬間を見られてしまった。もはや言い訳のしようもない。無色はどう説明したものかと思案を巡らせた。

だが。

「……なるほど。接吻が変身の条件か。いや、正確に言うと接吻を介した魔力供給か？」

「うん？」

次いで発されたその言葉に、無色は片眉を揺らした。

「あまり驚かないんだね、エルルカ？」

「まあ、の。ぬしと無色が融合しておったのには、なんとなく気づいておった」

「……へっ⁉」

エルルカの発言に、無色は思わず声を裏返らせてしまった。

とはいえ、あまりに彩禍らしくない行動である。誤魔化すように咳払いをし、続ける。

「さ、参考までに聞いてもいいかな。いつから気づいていたんだい？」

「そうじゃな――〈庭園〉に〈ドラゴン〉の群れが現れたことがあったじゃろう」

「ああ、うん」

「あのとき、治療のため、ぬしの汗を舐めたときから、なんとなく、の。――まあ、ぬしのことじゃ。何か事情があるのだと思い、触れずにおいたが」

「……………」

だいぶ前から気づかれていたようだ。無色は背中に汗が伝うのを感じた。

しかし、とエルルカが腕組みする。

「融合術式ともなれば、如何に彩禍とてそう易々とは身体を分離できまい。まさか伊達や酔狂で、そのようなことをしたわけでもないじゃろう。一体何があったのじゃ？」

「く、詳しい説明はあとにしようじゃないか。今は〈キューピッド〉の本体を探すのが先決じゃあないかな？」

無色が誤魔化すように言うと、エルルカはしばしの思案ののち、「まあ、そうじゃの」と返してきた。

が、そのときだ。

「エル……ルカ――」

彩禍の第二顕現によって地に縫い留められていたイセセリが、巫呪によって土の触手を逃れ、ゆらりと立ち上がった。

「なぜ……だ。なぜ、貴様は、おまえは、あなたは――わ、わわわわ私を。なぜ。なぜ、なぜ、なぜ……」

そして、忘我の淵にあるような調子で、壊れたスピーカーの如く言葉を繰り返す。

その声に呼応するように、辺りに金色の光が舞った。

「イセセリ――」

イセセリの様に、痛ましそうに顔を歪めていたエルルカは、やがて何かに気づいたように、小さく眉根を寄せた。

そして、しばしの間考えを巡らせるように黙り込んだのち。

「彩禍」

覚悟を決めたような表情で以て、こちらの名を呼んできた。

「なんだい？」

「先ほど、言ったの。今は〈キューピッド〉の本体を探すのが先決じゃと」

「ああ。それがどうかしたかい？」

「あとを頼んでも、よいかの」

「何？」

無色が不思議そうに返すと、エルルカは髪飾りの中に手を突っ込み、中から青い石のネックレスのようなものを取り出して無色に手渡してきた。

「……これは？」

「無色にとっての彩禍の人形のようなものじゃ。しばしの間預かっておいてくれ。少し荒事になるやもしれぬ」

そしてそう言って、イセセリに向かってゆっくりと足を踏み出した。

「もっと早くに気づいておくべきじゃった。いや……もしかしたら、彩禍の術式によって露呈したのかもしれぬがの」

「エルルカ？　一体何を」

「――神話級滅亡因子（マイソロジア）が、かつて現れたままの姿を取っているとは限らぬ。同じ権能を有しながら別の個体として蘇ったのか、第三者の手によって変質させられたのかはわからぬが……〈ウロボロス〉鴇嶋喰良（ときしまくらら）が噛（か）んでいることは間違いあるまい」

「…………！」

エルルカの言葉に、無色は息を詰まらせた。

理解できてしまったのだ。彼女が何に気づいたのかを。

そして、先ほどの彼女の言葉が何を意味するのかを。

「エルルカ、君は」

無色が言うと、エルルカは辺りに舞う金色の輝きを目で追うようにしながら続けた。

「こやつらの周りに漂う光。最初は原生生物の鱗粉か何かかと思っておった。じゃが、なんのことはない。雨の中でなお輝きを失わぬこの光こそが、〈キューピッド〉そのものだったのじゃ」

言って、金色の光を手で払うようにする。

「恐らく、これらが呼吸を通して生物の中に入り込み、本能を狂わせておるのじゃろう。――とはいえ、正体がわかったところで、全てを消し去ることは困難じゃ。〈キューピッド〉を討滅するためには、この鱗粉を一所に集め、叩く必要がある」

そうしてエルルカはイセセリの目前まで至ると、複雑そうな表情を作った。

「……もしもぬしが本当にわしを恨み、殺しに来たのだとしたならば、それもやむなしと思っていた」

じゃが、と視線を鋭くする。

「これは、違うじゃろう。――鴇嶋喰良め。許さぬ。イセセリの覚悟を汚しおって」

「エル……ルカぁ……」

エルルカはその呼び声に応えるようにふっと頬を緩め、イセセリの身体を抱きしめた。

「――――」

イセセリが、朦朧とした意識の中、か細い声を発する。

「大狼様（たいろう）──どうして……私を……置いていってしまったの──」

「すまぬな。イセセリ。わしの勝手のせいで、ぬしを縛りつけてしまったようじゃ」

エルルカは零（こぼ）すように言うと、ちらと無色のほうを振り返った。

「あとはわしがなんとかする。しばしの間、時を稼いでくれ」

「一体何をするつもりだ、エルルカ」

「──わしの身に、こやつらを侵食している〈キューピッド〉を全て取り込む」

「な……!?」

エルルカの言葉に、無色は思わず目を見開いた。

「そんなことをしたら、君は」

「は。みすみす自滅するつもりはない。わしと滅亡因子の根比べじゃ。──こやつら全て、わしが呑（の）み込み、浄化してくれるわ」

ただ、とエルルカが続ける。

「そうすんなりとはいくまい。わしが暴れ回らぬよう、押さえ付けておいてくれ。わしを頼んだぞ、無色──いや、彩禍（さいか）」

そして改めてそう残し、遠吠（とおぼ）えの如き声音を響かせる。

「──るぉぉぉぉ──」

それは、幾度も耳にした旋律。

森の民が巫呪を用いる際の咆哮である。

——風が。

エルルカの巫呪に導かれるように、巻き起こった。

イセセリの身体から、倒れ伏した森の民から、島の至る所から、金色の輝きを放つ鱗粉が舞い上がり、エルルカの身体に吸い込まれていく。

「エルルカ！」

声を張り上げ、エルルカの名を呼ぶ。

しかしエルルカはそれに応えることなく、イセセリを抱きしめていた腕から力を抜いた。

イセセリの身体が、力なく地面に倒れ伏す。

「………………」

エルルカが、不自然な姿勢でゆらりと振り返る。

「く——」

その姿を見て、無色は表情を戦慄の色に染めた。

豪雨の中こちらを向いたエルルカの目は、目映いばかりの金色に輝いていたのである。

第五章　現(あらわ)るは赭(あか)き大神(おおかみ)

遠く、遠く。

空に染(し)み入るように、咆哮が響く。

それは、狼(おおかみ)の吠(ほ)え声である。森を司(つかさど)る大狼の叫びである。

その身に第三顕現を纏(まと)った〈庭園〉騎士エルルカ・フレエラは、自らの力を知らしめるかの如(ごと)く、遠雷のような遠吠えを響かせた。

「エルルカ！　しっかりしろ！　わたしの声が聞こえるか⁉」

無色が訴えかけるように呼びかけるも、エルルカは応えようとしなかった。ただその双(そう)眸(ぼう)を爛々(らんらん)と輝かせながら、三日月の如く身を反らす。

「う……く……」

その代わりと言わんばかりに苦しげな声を上げたのは、地に伏していたイセセリであった。頭痛を堪(こら)えるように頭を押さえながらゆっくりと身を起こし、訝(いぶか)しげに無色の顔を見上げてくる。

「なんだ……貴様は。一体どこから……いや、それよりも、私は一体……」

どうやら、無色が彩禍の身体に変じたときの記憶はないようだ。突然現れた少女の姿に困惑するように言ってくる。

しかしながら、無色がその怪訝そうな視線を浴びたのは数瞬のことであった。

理由は単純。イセセリが前方に立つ人影に気づいたように肩を震わせ、身を低くして臨戦態勢を取ったからだ。

「エルルカ……！　おのれ、面妖な術を――」

イセセリが毛を逆立てるかのような調子で怒りを露わにする。無色はそれを制止するように手を広げた。

「待つんだ、イセセリ」

「何者だ、貴様。なぜ私の名を知っている」

「君はどこまで覚えている？　もう衝動はないのか？」

「衝動……だと？　何の話だ」

「もう雄とまぐわらなくても大丈夫なのかと聞いているんだ」

「い、いきなり何を言っているのだ、貴様。破廉恥な！」

無色の言葉に、イセセリが怯んだように返してくる。……まるで無色が突然変なことを言い出したかのような空気になってしまった。少し納得がいかない無色だった。

が、イセセリは頭痛を覚えるかのように眉をひそめると、額に手を置いた。

「う……く、この記憶は……私はなぜ、あんなことを……？」

そして、今までのことを思い起こすかのように、呻くような声を喉から漏らす。

朧気ながら、〈キューピッド〉に侵されていたときの記憶はあるらしい。ならば話は早い。無色は油断なく前方を見据えたまま続けた。

「わからないのか？　君はエルルカに救われたんだ」

「何……？」

イセセリが、何を言っているのかわからないといった調子で眉を歪める。

まさに、その瞬間であった。

エルルカが、ゆらりと頭を振るように、弓なりになっていた身体を前方に倒したのは。

そして、操り糸に導かれるかのような手つきで指を組み合わせ、唇からその名を零す。

「第四……顕現――」

「……っ！」

唱えられたその名に、無色は身を強ばらせた。

「――【命の森】」

その言葉とともに、エルルカの尻尾の付け根辺りに、四画目の赤い界紋が現れる。

そしてそれと同時、彼女の足元から、じわりと現実を侵食するかのように、此処とは違う景色が広がっていった。

やがてそれは無色やイセセリたちの立つ地面をも飲み込み、周囲の景色を塗り替え、空さえも覆っていく。

一瞬あと、無色たちは、それまでとは異なる場所に立っていた。

――一面の雪に覆われた、深い深い森。空は暗い色に塗り潰され、赤い月が辺りを照らしている。

第四顕現。己を中心とした景色を顕現体で覆い尽くす、魔術の粋にして到達点。

〈庭園〉騎士に数えられる瑠璃やアンヴィエットがこれを使えた以上、エルルカが使えないなどということはないと思っていた。だが、こうしていざその空間に取り込まれてみると、その凄まじい圧力に膝を屈しそうになってしまうのだった。

しかも――それだけではない。

「――るぅぅぅぅおおおおおぉぉぉぉぉぉぉぉぉぉ――――」

一際長い吠え声を響かせたかと思うと、それに導かれるように周囲の魔力が渦を巻き、エルルカの身体が輝きを帯びていく。

そして光の塊となったエルルカのシルエットが膨れ上がっていったかと思うと――

「な……」

数瞬のあと。そこには、あまりに巨大な一匹の狼の姿があった。

無色の身の丈を遥かに超える巨軀。暴虐さと流麗さを併せ持つしなやかな四肢には、短刀ほどもあろうかという爪が並んでいる。全身を覆った真赭色の毛が、月と界紋の光を浴びてさらに赤々と輝きを放っていた。

イセセリたち森の民が狼の姿に変じていた以上、この変化も予想していなかったわけではない。

けれどその姿は、そんな賢しい想定を吹き飛ばしてしまうくらい、規格外に過ぎた。

見る者を圧倒する威容。人智の及ばぬ力に対する崇敬。もはやそれは、獣と呼んでよいものなのかどうかさえわからなかった。

嗚呼、古の人間たちは、このような自然の暴威を目の当たりにしたとき、こう呼んだのだろう。

――『神』、と。

「う……ん……」

「ここ、は……」

そんなエルルカの咆哮を浴びてか、気を失っていた森の民たちも次々と目を覚ます。

そしてすぐに、前方にあるエルルカの姿を見て、顔中に汗を滲(にじ)ませた。

「ぞ、族長」

「あれは一体……」

「……エルルカの獣体だ。呑まれるな。我らはあれを倒すために牙を磨いてきたのだ」

イセセリが皆を鼓舞するように言う。しかし森の民たちは、エルルカの発する凄まじい圧力に耐えられていないようだった。ある者はその場に膝を屈し、ある者は涙を滲ませ、ある者は嘔吐(おうと)感を抑えるように口元に手を当てている。

「――――――――――――――――――――――――」

それに追い打ちをかけるかの如く。

長く、長く。エルルカが咆哮を響かせる。

その吠え声に圧(お)されたように、辛(かろ)うじて対抗の意志を見せていたわずかな森の民が、戦意を喪失したように後ずさった。

けれど、違う。無色は息を詰まらせた。

今の咆哮は、こちらを威圧するためのものなどではない。――呼び声だ。

エルルカの声に応ずるように、周囲を埋め尽くしていた森の景色の中に、無数の光が生じたのである。

それは、『目』であった。

そう。雪深い森の茂みの合間から、木々の中から、空の上から。

狼、梟、鷹、熊、鹿――幾つもの獣の目が、無色たちを見つめてきていたのである。

「……っ⁉」

それに気づいたのだろう。イセセリが目を見開き、視線を巡らせる。

数などはもう、数えようがない。

幾百、幾千、幾万、あるいは幾億か――無限にも思えるほどの獣たちが、見渡す限りの大地を、空を埋め尽くしていた。

その異様な光景を目にして、無色はこの第四顕現が、どのような性質のものであるのかを悟ってしまった。

「――――――――！」

エルルカが、号令を発するように咆哮を響かせる。

するとその意を寸分の遅れなく受け取った獣たちが、一斉に無色たちに襲いかかってきた。

一匹一匹それぞれがエルルカの第二顕現に相当する、強靭なる獣型の顕現体。

それが、数え切れないほどの群れとなって、無色とイセセリ、森の民たちに殺到する。

それはまさに、質量を持った風。世界そのものが無色たちを圧殺せんと押し寄せてくるかのような光景だった。

「ッ、るぉおおおお——！」

イセセリが巫呪を発し、目前に迫る狼たちを焼き払う。それに呼応してか、己を奮い立てるように森の民たちも応戦した。

しかし、いくら倒しても、いくら屠っても、次から次へと新たな獣たちが現れ、襲いかかってくる。

無尽の命を生み出す森。それはきっと、相手を喰らい尽くすまで終わることはない。如何な抵抗を試みようと、如何な逃亡を企てようと、圧倒的な暴威でその一切を圧し潰す。簡潔にして究極なる第四顕現。この空間に囚われた以上、逃れる術はないだろう。

——たった一つの方法を除いては。

「…………！」

無色は呼吸を整えると、極限まで意識を研ぎ澄まし、全身に魔力を巡らせた。

「——万象開闢。斯くて天地は我が掌の中」

そして唱える。

「恭順を誓え。おまえを――花嫁にしてやる」

無色の――否、彩禍の身体が持つ、最大最強の魔術の名を。

「第四顕現――【可能性の世界】！」

瞬間、無色の頭上に四画の界紋が連なり、極彩色の輝きを放つ。

そしてその場を起点にするようにして、月光に照らされた雪の森の中に、もう一つの空間が形成されていった。

周囲が震動に包まれ、空から、地面から、幾つもの摩天楼が乱杭の如く屹立する。合間に存在していた獣たちが吹き飛ばされ、光の粒となって虚空に消えた。

そう。第四顕現とは魔術の粋にして極致。ひとたび発動してしまったなら、よほど力の差がない限りは敗北を免れない。

その唯一の例外が、これであった。

即ち、第四顕現による対抗。

相手がそれを発現したならば、こちらも同等の術式を以て、空間の支配権を奪い合う他なかったのである。

「ぐっ、ううう――！」

　無色の身体を中心に、抜けるような蒼穹（そうきゅう）が滲（にじ）み、エルルカの【命の森（ラマッニタイ）】との境界がマーブル状に混ざり合う。無色たちに飛びかかってきた梟が、蒼穹に触れた瞬間に方向感覚をなくしたように地面に落ちていった。

　彩禍の第四顕現【可能性の世界（ヴォイド・ガーデン）】は、あらゆる可能性を観測・選択し、術者の理想の未来を引き寄せる。まさに最強の魔術師の名に相応（ふさわ）しい、反則級の術式である。

　しかしそれも、術が完全に発動し、相手を空間内に取り込めればの話ではあった。

　既に展開された第四顕現内での発現。しかも本物の彩禍ならばいざ知らず、今それを扱うのは新米魔術師の無色である。

　喩（たと）えるならば、深い海の中で風船を膨らませようとするようなものだ。尋常な肺活量では、形を保つことさえ不可能に近い。否、それどころか、時間とともに酸素は失われ、身体にも水圧によるダメージが蓄積していく。

「く、あ、あ……っ！」

　じわり、じわりと、夜が侵食してくる。

　脳が焼き切れるかのような鋭い痛みが無色を襲う。

　無色はちかちかと明滅する視界の中、意識が遠のいていくのを感じた。

　しかし。

「…………っ！」

無色は眼下にイセセリや森の民たちの姿を見て、奥歯を噛み締めた。

辛うじて獣の怒濤を押しとどめている【可能性の世界】が消えたなら、無色だけでなく、イセセリたちは一瞬で喰らい尽くされてしまうだろう。

エルルカとイセセリの過去は伝え聞く限りでしか知らない。けれどそれでも、エルルカにイセセリたちを殺させるわけにはいかなかったのである。

無色は四画の界紋を極彩色に輝かせると、己の空間を押し広げていった。

「――おおおおおおおおおおおおおおおおおぉぉぉぉ――――ッ！」

雄叫びとも聞き紛う声とともに、無色の背後に蒼穹が広がり、上下から牙の如く無数の摩天楼が屹立していく。

昼と夜。蒼穹と夜天。鉄と木。文明と自然。

相反する二つの景色は激しくぶつかり合うと、互いに互いを侵食していき――

やがて、臨界状態を迎えたように、砕け散っていった。

天に、地に、空間そのものに走った亀裂が、まるで蜘蛛の巣の如く放射状に広がっていく。その腕の中に擁した無数の摩天楼や数多の獣たちもろとも、辺りに広がった景色が、ばらばらの破片と化していく。

　そしてそれら無数の景色の破片は、地に落ちることも空を漂い続けることもなく、溶けるように消滅していった。

　周囲の景色が、丹礼島のものに戻る。雨はだいぶ弱くなっているものの、未だ空には分厚い雲がかかっていた。

「はぁ……っ、はぁ……っ――」

　その光景を見届けて、無色はその場にがくりと膝を突いた。

　別に身体から力を抜いたつもりも、気を抜いたつもりもない。ただ単純に、その場に二足で立っていることさえ困難なほど消耗してしまっただけだ。

　と、荒い呼吸の中、無色は気づいた。――自分の身体が淡く発光したかと思うと、視界の中にあった細く白い指が、少し無骨な少年のそれに変じていったのである。

「こ、これは……」

　半ば無意識のうちに、喉から狼狽の声が漏れる。その声もまた、鈴を転がすような玲瓏たる美声ではなく、聞き覚えのあるものになっていた。

　そう。無色の身体は今、彩禍のそれから、無色本来のものに戻っていたのである。

　彩禍から無色への存在変換は、無色から彩禍へのそれと条件が異なる。感情が高ぶったり興奮状態になったりして、魔力の放出量が著しく増えると、身体が異常を察知して、魔力消費の少ない無色の身体に戻ってしまうのだ。

今まで第四顕現をきっかけに男に戻ったことはなかったのだが——考えてみれば、今回のような極限状態で術式を発現したことはなかった。もしかしたら身体の許容量を超えて魔力を放出し過ぎてしまったのかもしれない。

「あ——」

そこまで考えたところで、無色はごくりと息を呑んだ。

——過去に一度だけ、魔力放出量の変化ではなく、彩禍の身体の『死』をスイッチとして無色の身体に存在変換をしたことがあったのを思い出してしまったのである。

無色と彩禍の身体は表裏一体。そのときは命を保っていた無色の身体が表層化することによって事なきを得たが、もし今もそれと同じことが起きていたとしたら——

「…………」

詳しいことはわからない。けれどどちらにせよ、身体が窮地を察知するような状態であったことは間違いないだろう。黒衣に付与された術式も使ってしまった以上、今はこれ以上の存在変換はできないと思った方がよさそうだった。

「貴様は……」

と、そんな無色の姿を見てか、イセセリが目を丸くしてくる。

「一体何があった？　今までの女はどこへいった？」

言って、怪訝そうに眉根を寄せる。

その疑問ももっともではあったが、無色はそれには応えず、震える指を前方に向けた。

無色と彩禍の秘密を詳細に語るわけにはいかないという理由もないではない。

しかしそれよりも、今はイセセリに伝えねばならないことがあったのである。

「今の……俺には……第四顕現は、使え……ない。もしもう一度エルルカさんが第四顕現を発現したら――」

「何……？」

無色の訴えるような声に、イセセリが顔を上げる。

前方では、巨大な狼の姿を保ったエルルカが、両前足を折り曲げるような格好でこちらを睨み付けてきていた。

尾の付け根――四画目の界紋は、第四顕現の崩壊とともに掻き消え、今は確認できない。

第四顕現は魔術の極致。普通に考えれば、そう何度も連続使用できるような代物ではない。しかしあのエルルカを、そんな尋常な基準で捉えてしまっていいはずはなかった。

もしもエルルカにまだ余力が残っていたならば。

そしてもし、再び第四顕現を発現されてしまったならば。

今の無色に、先ほどと同じ方法でそれを打ち破ることは不可能だった。

「――――」

エルルカの咆哮（ほうこう）が、空を貫く。

両前足と胸元の界紋が、もう一つの界紋を導くかのように、赤く輝きを放った。

「ち……！　――るぉおおおお――ッ！」

無色の意を察したイセセリが、巫呪（トゥス）を以（の）て火炎を放ち、エルルカを攻撃する。

しかし、遅い。エルルカは後方に飛び退いてそれを避けると、咆哮をさらに強くした。

窮地。彩禍の魔術が封じられたばかりか、まともに身体を動かすこともままならない状況である。もしも今第四顕現が発現されれば、完全に勝敗は決してしまうはずだった。

――だが。エルルカは第四顕現を発現しなかった。

否、もっと正確に言うのならば、すんでのところで発現を阻害されたのだ。

「【隕鉄一文字（いんてついちもんじ）】！」

「【烈煌刃（れっこうじん）】！」

「【拳魂一擲（フィストラクション）】」

辺りに立ちこめた靄（もや）の中から響いた、三つの声によって。

「……！」

無色の驚愕の中、エルルカの巨体に三方向から攻撃が加えられる。

一つは、重力によって威力を増された鋼の刃。

一つは、変幻自在の青き炎の刃。

そしてもう一つは、魔力の込められた猛き拳である。

「竜胆ちゃん！　浅葱！　武者小路さん！」

無色が叫ぶように名を呼ぶと、補習組三人は、油断なく巨大な狼を見据えながらこくりとうなずいた。ただ竜胆だけは何やら気になることがあったのか、「竜胆ちゃん……竜胆ちゃん……むう……まあ別にいいですけど……」と、小さな声で呟いていた。

どうやらイセセリたちと同じく、彼女らも正気に戻っていたらしい。先ほどまでの朦朧としたものとは異なる、しっかりした語調で声を発してくる。

「無事ですか、無色さん！」

「なんとか……！　助かりました！」

無色が浅葱の声に返すと、浅葱が仮面の中でほうと安堵の息を吐くのがわかった。

と、そこで気づく。補習組の人数が、一人足りなかったのである。

「ところで、来夢さんは？」

「ああ――」

「秘宮先輩でしたら、途中でへばったので置いてきました」

「そのうち追いつくでしょう」

「……そ、そっか」

なんとも冷たい三人の言い様に、無色は思わず汗を滲ませてしまった。

しかし、その話題はそこまでだった。涅々が構えを取りながら、「それよりも」と戦慄を滲ませる。

「この獣は——滅亡因子か？　……今までに感じたことのない、凄まじい圧力だ」

「違う。いや、ある意味正解ではあるんだけど……その狼はエルルカさんなんだ。みんなを助けるために、みんなを侵食していた〈キューピッド〉の変異体を、全部自分の身体に取り込んでしまったんだ！」

『…………!?』

無色の言葉に息を詰まらせたのは、竜胆や浅葱、涅々のみではなかった。無色の近くにいたイセセリもまた、信じられないといった顔で無色を見たのち、狼と化したエルルカに視線を戻す。

「これが……エルルカ様？」

「おのれ滅亡因子。監督殿をこのような姿に」

涅々がキッと視線を鋭くする。……狼の姿自体はエルルカ自身の特性によるものであるようだったが、今は説明している間も惜しい。とにかく出来うる限り簡潔に目的を伝えようと、喉を絞る。

「――とにかく、今は時間を稼いでほしい！　ある程度消耗はしてるはずだ！　第四顕現を発動させないように、できるだけエルルカさんの注意を引きつけて！」

無色が訴えかけるように言うと、三人は首肯を以てそれに応え、同時に地を蹴った。

「はぁぁぁぁぁぁ……っ！」

「ふッ――」

「おおおおおおっ！」

そして三者三様の気迫で以て、エルルカに攻撃を加えていく。巨大な狼と化したエルルカの強靱な毛皮に傷は付かなかったけれど、少なくとも気を散らすことには成功したらしい。エルルカが界紋を輝かせるのをやめ、巫呪の咆哮を発する。

「――ろぉぉぉぉぉぉぉ――っ！」

エルルカの吠え声に誘われるように空気が渦を巻き、竜巻となって辺りを薙ぎ払う。しかし竜胆たちは素早くそれに対応すると、またもその巫呪の隙を衝くようにして攻撃を放っていった。

これが本物のエルルカならば、こうはいかなかっただろう。三対一とはいえ相手はＳ級魔術師。本来であれば時間稼ぎすら不可能だったに違いない。

しかし、〈キューピッド〉が無理矢理身体を動かしているからなのか、はたまたエルルカが抵抗を試みているのか、狼の動きは精彩を欠いていた。無論その強靱な肉体と膨大な魔力は脅威なのだが、細かな動作や多方向への対応が明らかにぎこちない。先ほど〈ワイアーム〉との戦いでエルルカが見せた身のこなしとは雲泥(うんでい)の差だった。もしもあの巨体の隅々にまでエルルカの意思が行き渡っていたならば、竜胆たちは既にあの爪と牙の餌食(えじき)になっていただろう。

とはいえ、だからといって油断できるような相手ではない。エルルカがダメージを覚悟で第四顕現の発現に舵(かじ)を切った瞬間、勝負は決してしまうのだ。無色は一刻も早く立ち上がるために、必死で呼吸を整えた。

「…………」

するとそんな光景を見ていたイセセリが、拳を固めるような仕草とともに、足を一歩前に踏み出す。

無色はその歩みを止めるように、どうにか手を伸ばしてイセセリの服の裾を摑(つか)んだ。

「──なんのつもりだ」

「それは……こっちの台詞です。一体何をするつもりですか？」

「知れたこと。このような好機は二度とない。エルルカの首を取る。——貴様らとも利害は一致しているだろう」

「馬鹿なこと……言わないでください。俺たちは、エルルカさんを助けるために戦っているんです。イセセリさん。あなたも協力してください」

無色が言うと、イセセリは不快そうに眉を歪めた。

「ふざけるな。私はエルルカを殺すためだけに牙を研いできたのだ。今さら——」

「裏切り者って……確かにイセセリさんを残して集落を出たのはよくないと思います。でも、だからってそこまで……」

無色の問いに、イセセリはぴくりと眉を揺らした。恐らく、無色がエルルカとイセセリの事情を知っていたことに驚いたのだろう。

すると周囲にいた森の民たちが、険しい表情をしながら言ってきた。

「それだけではない」

「奴は、我らの同胞一〇名を惨殺し、姿を眩ませたのだ」

「……！　同胞を……!?」

森の民の言葉に、無色は思わず目を見開いた。エルルカが過去のことを話してくれたときも、そこは暈かされており、詳細は知らなかったのである。

「同胞の死体からは、奴の巫呪の痕跡が発見された」

「一族において、同胞殺しは重罪。死を以て購わねばならぬ」

「如何に最長老といえど例外はない」

「同胞の仇を打つため、族長は長い間、咎人エルルカを探していたのだ」

「…………」

イセセリが無言になる。

エルルカの言によれば、イセセリは仮とはいえエルルカの伴侶だったという話だ。大切な人に裏切られたのだという記憶は、未だに色濃く彼女を蝕んでいるようだった。

だが。それを知ってなお、無色は顔を上げた。

「きっと――」

「何？」

「きっと、何か事情があったんでしょう。もしくは何かの勘違いです」

「………、なんだと？」

なんの衒いもない無色の言葉に、イセセリは意味がわからないといった様子で渋面を作った。

「一体なんの根拠があってそんなことを言っている」

「だって、あのエルルカさんがそんなことするはずないじゃないですか」

無色が言うと、イセセリは怒りを露わにするように毛を逆立て、歯を剝き出しにした。

「知った風な口を利くな！　貴様がエルルカの何を知っている！」

そして怒気に満ちた声音でそう言ってくる。彼女の怒りももっともだ。第三者にそんなことを言われても、軽々に納得できるはずはない。

しかし無色とて、なんの根拠もなくそんなことを断言しているわけではなかった。

「エルルカさんのことは、そんなに詳しく知りません。狼になれるっていうことを知ったのも、この島に来てからです」

でも、と無色は続けた。

「──エルルカさんは、彩禍さんが〈庭園〉でもっとも信を置く魔術師です。盟友とまで言っていた。俺がエルルカさんを信じる理由は、それで十分です」

「は──」

一分の疑念もない無色の言葉に、イセセリは呆気に取られたように口をぽかんと開けた。

「誰だ、それは」

「久遠崎彩禍さん。俺が世界で一番敬愛する女性です」

「……ふざけているのか、貴様」

「ふざけてなんていません。それとも、彩禍さんの目が間違っているとでも？」

「…………」

イセセリは、頭痛を覚えるように額に手を置いた。

「話にならん。貴様はその久遠崎彩禍に裏切られたとしても、同じことが言えるか？」

「もし彩禍さんがそんな選択をするのなら、きっと相応の理由があってのことでしょう。そしてそれはきっと、利己のためじゃない。この世界に息づく人類のためだ」

「…………、ふん」

もはや話が成立しないとでも言うように吐き捨て、イセセリが顔を歪める。

しかし無色は、手を離さなかった。

（大狼様――どうして……私を……置いていってしまったの――）

――〈キューピッド〉に侵されたイセセリが漏らした言葉が、頭の中を巡る。

それは朦朧とした意識の中漏れただけのものかもしれない。けれど無色には、イセセリが心の底からエルルカを憎んでいるようには、どうしても思えなかったのである。

「イセセリさん。あなたは、本当にエルルカさんが身勝手な理由で同胞を殺し、姿を眩ませたと思っているんですか？　本当にエルルカさんを仇だと思っているんですか？」

「……どういう意味だ」

「俺には、どうしても思えないんです。イセセリさんが、本気でエルルカさんを殺そうとしているとは」

「…………っ」

無色(むしき)の言葉に。

イセセリは、小さく息を詰まらせた。


――ふとした瞬間。イセセリの脳裏に思い起こされる光景がある。

(何かの間違いです！ 大狼様がこんなことをするはずが……！)

それは、そんな過去のうちの一つだった。それまでの幸福に満ちた日常がひっくり返ってしまった日の記憶であった。

ああ、そうだ。集落の外れで同胞の死体が見つかったとき、イセセリは族長である父にそう訴えていたのだ。

イセセリはエルルカを信じていた。あのエルルカがそんなことをするはずがないと、心から思っていた。

（遺体から、大狼様の巫呪の痕跡が見つかった。疑いようがない）

（だ、だとしても理由があるはずです！　大狼様はどこにおられるのです！）

（大狼様は姿を消した。それが何よりの証左だ）

（そんな……！　待ってください。何か事情があるに違いありません。大狼様はきっと、きっと戻ってきます。沙汰は大狼様のお話を聞いてからにしてください。どうか、どうかお願いします）

イセセリは必死で訴えた。

けれどいつまで経っても、いつまで待っても、エルルカが帰ってくることはなかった。

——そうして時が経ち、イセセリの新たな伴侶を決めるため、二度目の催事が行われる運びとなった。

エルルカという仮の伴侶がいなくなった以上、いつまでも族長の娘を独り身にさせておくわけにはいかなかったのである。

しかし、イセセリに婿を取るつもりなどはなかった。なぜなら自分は、誰がなんと言おうと、大狼エルルカの伴侶なのだから。

けれど、この集落で生きる以上、一族の掟には逆らえない。

集落を逃げ出すという選択肢は端からイセセリにはなかった。イセセリがここからいなくなったなら、エルルカが帰ってくる場所がなくなってしまうと思ったから。

だからイセセリには、一つしか道が残されていなかった。

(な、なんのつもりだ、イセセリ。その髪は……)

(──見ての通りです、父様。此度の選定儀、私も参加させていただきます。自分より弱い殿方を婿に取るつもりはございません)

(馬鹿を言うな。これは次の族長を決める戦いでもあるのだぞ)

(承知しています。もしも私が勝った暁には、次の族長の座は私がいただきます。──私にさえ勝てない者が次期族長では、民も納得できないでしょう?)

イセセリは父を説き伏せ、選定儀に自ら参加した。

父は、娘の駄々だと思ったのだろう。敗北したなら大人しく勝者を婿に取ることを条件に、渋々参加を許した。

──だが。大狼エルルカと寝食を共にし、直接魄の扱いを学んだイセセリに敵う戦士は、もはや集落にはいなかった。

数年前のエルルカと同じように……とはいかなかったが、イセセリは激戦の末、候補者の男たちを全て倒し、自らの手で次期族長の座を勝ち取ったのである。

全ては、エルルカの伴侶であり続けるため。

そして、この場所でエルルカを待ち続けるため。

けれど、やがて正式に族長となったイセセリには、一つの使命が課されることとなってしまった。

それは——裏切り者の粛清。

同胞殺しの罪は重い。それを新しい族長がねじ曲げてしまっては、一族の結束に罅（ひび）を入れることになりかねなかった。

イセセリはエルルカの居場所を守るために、エルルカを殺さねばならない責務を負うこととなってしまったのである。

——イセセリは待った。エルルカを待ち続けた。

普通であれば寿命で死んでいると思われる年月が経っても、巫呪（トゥス）の達人であるエルルカならば、まだきっと生きていると信じて。

東にそれらしき人物を見たと聞けば、一目散に野を駆けた。

西に巨大な狼が出たと聞けば、全てを放って確かめにいった。

如何に胡乱（うろん）な相手であろうと、有力な情報が得られるとあらば即座に出向いた。

イセセリに付き従う一族の戦士たちは、イセセリが裏切り者の粛清のために奔走していると信じていただろう。

けれどイセセリの胸にあったのは、愛しいあの人にもう一度会いたいという想いと――

なぜあのとき、自分を一緒に連れて行ってくれなかったのかという疑問のみだった。

「貴様に……何がわかる」

イセセリは、震える声を発しながら無色を睨み付けた。

なんのことはない。――彼の言うことが、図星だったからだ。

イセセリはエルルカを待ち続けていた。エルルカを探し続けていた。もう一度彼女に会うために。あの日の真意を確かめるために。

けれど森の民の族長として集落を守るためには、掟を守らねばならない。裏切り者は殺さねばならない。

長い間イセセリが抱えていた矛盾と懊悩が、今日会ったばかりの少年に見透かされた気がして、羞恥と驚愕が頭の中で渦を巻く。

しかし無色は、平然とした調子で続けた。

「だってイセセリさん、〈キューピッド〉に侵食されていたとき、言ってたじゃないですか。――『大狼様大好き。本当は会いたかったの』って」

「な……ッ⁉」

　イセセリが頬を真っ赤に染めると、無色はぽりぽりと頭をかいた。

「あ、すみません。ちょっと違ったかも」

「て、適当なことを言うなッ！」

　焦ったように言いながらイセセリが顔を背けると、無色は息を吐きながら続けてきた。

「……さっきも言った通り、俺はあなたほど、エルルカさんのことを深く知ってるわけじゃありません。――でも、〈庭園〉でのエルルカさんは、みんなに慕われていますよ。思慮深く、優しく、そして強い。俺もいつもお世話になっています」

「…………」

　その言葉に嘘はないだろう。エルルカが〈庭園〉と呼ばれる施設で医師をしているというのは、鴇嶋喰良とかいう怪しい女からの情報とも合致する。そしてエルルカならば、皆に慕われるに違いない。まあ、森の集落に戻らず、そんな場所にいることに怒りを覚えないと言えば嘘にはなるが――

「まあもちろん、彩禍さんには及びませんけど」

「――はぁ!?」

思考の途中で無色が放った言葉に、イセセリは思わずくわっと目を見開いた。

普段とは違うイセセリを見てか、森の民の精鋭たちが驚いたようにビクッと肩を揺らす。

しかし、今のイセセリに表情を取り繕うような余裕はなかった。眉根を寄せ、無色を睨み付ける。

「それは貴様の勝手な感想だろう。その彩禍とやらが何者かは知らぬが、この世にエルルカより強い者がいるものか」

「はい。まあエルルカさんも強いですよ。森では一番だったんでしょう。森では。ただ世界は広いですからね……」

「あァ!?」

――言うに事欠いて、この餓鬼は。額に血管を浮かばせながら、イセセリは声を上げた。

しかし無色は怯まず、むしろ不敵にふっと微笑んでみせた。

「なんてったって彩禍さんは世界最強の魔術師ですからね。しかも強いだけじゃなく、美しく、気高い。いくらエルルカさんでも分が悪いんじゃないですかね」

「美しく気高いなんてのは大狼様の代名詞だろうが!」

「いやいや、彩禍さんはそれでいて完璧すぎないというか、可愛いところもあるのが最強でしてね。この前も、書類の記載をミスしちゃったみたいなんですけど、みんなにバレないようこそこそとそれを処理していたのが妙に可愛らしくて」

「は—!? 可愛さエピソードこそ大狼様だが!? 服を着て寝ても寝相で全部脱いで朝には全裸になってたりとか、寝惚けてその状態で私に抱きついてきたりとかするのだが!?」

「あー……確かにエルルカさん脱ぎたがりですもんね。あと急に発情期になられるのも困ります。あんな風に強引に迫られたら身体がもちません……」

「ち、ちょっと待て! 何があった!? 詳しく説明しろ貴様!」

イセセリは思わず無色の胸ぐらを摑んだ。

すると、堪えきれないといった様子で、無色は笑い出した。

「貴様、何が可笑しい!」

「……やっぱりイセセリさん、エルルカさんのこと大好きなんじゃないですか」

「………………ッ、貴様」

どうやら上手く乗せられたらしい。イセセリは忌々しげに無色を睨んだ。

「すみません。でも、あれがイセセリさんの本心とは、どうしても思えなくて。イセセリさん、なんとなく瑠璃に似ている気がしたから」

「誰だ、それは」

突然出てきた知らない名前に、イセセリは怪訝そうに眉を歪めた。けれど、無色がそれを悪い意味で言っているのではないということは、彼の表情からなんとなく察しが付いた。

「……過去に何があったのか、お二人の間に何があったのか、俺にはわかりません。でも、信じたいという気持ちに嘘をつくのは、辛くありませんか？

――お願いします。エルルカさんを助けるのに、手を貸してください」

「……っ、知った風な口を……」

イセセリは無色の胸ぐらを摑み上げたまま、ちらと森の民たちの方を見やった。

『…………』

戦士たちは、皆一様に困惑した表情を浮かべている。……まあ、無理もあるまい。ただでさえ訳のわからぬ状況の中、従うべき族長が取り乱しているというのである。

イセセリとて、本心で言えば無色の言葉に異存はない。本当なら率先してエルルカを助けに走りたいくらいだ。何しろ、長年焦がれた大狼様が、すぐそこにいるというのだ。

けれどそれは、森の民の族長としての責務を放棄することと同義である。同胞たちが見ている前でそんなことを宣言するわけには――

「――――え？」

と。

懊悩の中、イセセリは、とあるものを見つけて目を丸くした。

無色の左手首に、青い石を連ねた装飾品が巻き付いていたのである。

腕飾りのようだが……違う。首飾りを二重にして巻いているのだろう。随分と年季の入った代物だ。造りも粗く、お世辞にも美しいものとは言い難い。

しかしそれは、イセセリの目を奪うのに十分な引力を有していた。

理由は単純。それはかつて、イセセリがエルルカに贈ったお守りだったのである。

「それは……、なぜ貴様がそれを……」

「え？　あ……」

無色はイセセリの視線の先にあるものに気づいたように言うと、首飾りを外して差し出してきた。

「荒事になるからって、さっきエルルカさんに預けられたんです。確か、ええと——」

無色はやりとりを思い出すような仕草をしながら、続けた。

「命より大切なものだからって」

「——」

無色の言葉に、イセセリは手のひらの上の首飾りを見つめた。

やがてそこに、ぽたり、ぽたりと、雨以外の水滴が落ちていく。

驚いたような顔をする無色や森の民たちの中、イセセリはゆっくりと顔を上げた。

「……仕方のない人」

そして、細く、長く、息を吐く。

長い間腹の底に溜まった澱が、吐息とともに漏れ出ていくような感覚だった。

「──森の民たちよ」

そして静かに、イセセリは告げた。

「族長イセセリの名を以て命ず。──この者たちに協力し、エルルカを助け出せ」

「な──」

イセセリの言葉に、森の民たちが息を詰まらせる。

「何を仰っているのですか、族長」

「エルルカは同胞殺しの裏切り者なのでは？」

「そのようなこと、許されるはずが」

そして、口々に言う。イセセリはさもあらんとうなずきながら続けた。

「わかっている。私の決断は一族の掟に反するものだ。──この責を以て、私は族長を辞する。これは最後の命だ」

『………！』

続くイセセリの宣言に、森の民たちは言葉を失った。

「──無論諸君らにこの責が及ぶことはない。それでも納得できない者は、ここで待っていろ。最後に私に報いてくれる者だけで構わない。どうか、力を貸してくれ」

イセセリは同胞たちにそう言うと、無色の方を向き、肩をすくめた。

「貴様のおかげで放浪者だ。どうしてくれる」

「エルルカさんなら笑ってくれますよ」

「だろうな」

イセセリはふっと頬を緩めると、前方で暴れ回る巨大な狼(おおかみ)の方を向いた。

「──いくぞ、魔術師。遅れるな」

「はい！」

イセセリの言葉に、無色が首肯を以て応えてくる。

「──るぉぉぉ──」

イセセリは喉を鳴らすように低い咆哮(ほうこう)を上げると、それを呼び声として魄(ラマッ)を身体に巡らせた。腕が、足が、感覚器が、魄(ラマッ)の力を得て研ぎ澄まされる。

身を低くし、跳躍。──そう。それは走行というより跳躍であった。極限まで強化されたイセセリの両足が、踏み砕かんばかりの勢いで地面を蹴り、身体を前方へと弾(はじ)き飛ばす。

一瞬で、イセセリは巨大な狼の元に辿(たど)り着いた。必死でエルルカを足止めしていた魔術師たちが、驚いたような顔で見上げてくる。

「な――」

「あなたは……！」

「――ふん」

イセセリは小さく鼻を鳴らすと、指で作った円の中に吐息を吹き込んだ。

火炎巫呪(ヌイトゥス)。吐息が炎に変じ、エルルカの毛並みを焦がすように広がる。しかしエルルカはそれに応ずるように吠(ほ)え声を上げると、イセセリと同じように炎を発してきた。二つの炎がぶつかり合い、薄暗い空を真っ赤に照らす。

ちらと後方を見やると、無色は未(いま)だエルルカの元に至っていなかった。必死の形相で地を蹴っている。

――遅れるなと念を押したのに、これだ。イセセリは嘲るように吐息を零(こぼ)した。

「……いや――」

だが、すぐに思い直す。元より、森の民であるイセセリと彼の身体能力の差は明白であった。イセセリはそれをわかっていながら、彼に無理難題を押しつけたのだ。

理由は単純。無色への嫌がらせだ。

もっと正しく言うのなら――きっと『嫉妬』というのが一番近かっただろう。

別に取り立てて肉体に恵まれているわけでもない。知恵が秀でているというわけでもない。正面切って戦えば十中八九イセセリが勝つであろう、ただの少年。

けれど、その普通の少年には敬愛する人物がいて――彼はそれを、心の底から信じ切っていたのである。

まるで、あの頃のイセセリのように。

「ああ――」

そうだ。エルルカの伴侶でいるため、エルルカの居場所を守るため、族長となったイセセリの半生は、まさに懊悩と矛盾とともにあったと言っていい。

エルルカを信じ続けたいという自分。いつまで経っても帰って来ないエルルカに対する焦燥。同胞をたばかっているという罪悪感。――本当にエルルカは潔白なのかと疑ってしまったことも、一度や二度ではない。

しかし。いや、だからこそ。赤子のように人を信じているあの少年が。

眩しいくらいに、妬ましくて仕方なかったのだ。

「――――」

空中で身体を捻り、次々と巫呪を放つ。あの頃エルルカに教わった数多の技を、惜しげもなく並べていく。

エルルカを殺すためでなく、助けるために、鍛え上げた巫呪(トゥス)を放てる。

それがイセセリには、心地よくてたまらなかった。

嗚呼(ああ)、嗚呼――そうだ。ようやくわかった。

規律と立場と倫理観の手前、蓋をしていた事実。

同胞殺しが大罪なのはわかっている。決して許されない行いだ。

けれど、もしもエルルカが本当に仲間を殺していたのだとしても――

エルルカが「わしと一緒に来い」と手を差し出してくれていたならば、きっとイセセリはその手を取って、ともに故郷を捨てていたに違いなかった。

たとえ大罪人の名を負うことになったとしても。

たとえかつての仲間に命を狙われることになったとしても。

「――あなたとともにいられるのなら、私はそれで構わなかったのに」

イセセリは独白のように零した。

その言葉は誰に聞かれることもなく、霞(かすみ)の如(ごと)く空気に溶け消えていく――はずだった。

「――――」

しかしそこで、エルルカが一際大きい咆哮を上げた。――まるで、イセセリの言葉に応えるかのように。

それに合わせて、エルルカの両前足に輝いていた奇妙な紋様が赤く輝き、魄が不可思議な流れを見せた。

「な……」

魄が、数体の狼の形を取っていく。巫呪ではない。確かエルルカたちが第二顕現とかと呼んでいる魔術だ。

見慣れぬ死角からの攻撃に、ほんの一瞬対応が遅れる。そしてその一瞬は、大狼エルルカを相手取るのに致命的な隙となった。

魄で作られた狼たちが、一斉に襲いかかってくる。その姿は、獣体となった森の民によく似ていた。

皮肉な結末に、イセセリは思わず笑いそうになってしまった。――それはまるで、長らく欺き続けてきた同胞たちが、イセセリに怒って襲いかかってきたかのような光景であったから。

だが、狼の牙がイセセリの肌に食い込もうとした、そのとき。

「――【零至剣】ッ！」

視界に光が煌めいたかと思うと、狼の身体が光と消えていた。

「おまえは――」

「大丈夫ですか、イセセリさん！」

そう言ってきたのは、イセセリから数秒遅れてエルルカのもとに参じた無色だった。今は頭上に王冠の如き紋様を、手に透明な剣を発現させている。どうやら彼が魄の狼を消し去り、イセセリを助けてくれたらしい。

否。それだけではない。

「族長！　大丈夫ですか！」

「一人で先走らないでください！」

「群れでの戦いこそ、我らの本領でしょう！」

後方から走ってきた森の民たちが、イセセリを守るように展開していたのである。

「おまえたち――」

「勘違いなさらないでください。我々はあの咎人を信じたのではありませぬ」

「あくまで、族長の命に従ったまで」

「少なくとも我らが今まで見てきた族長の背は、信ずるに値するものでありました」

同胞たちの言葉に、イセセリは自嘲気味にふっと息を漏らした。

「これ以上、泣かせてくれるなよ」

「え？」

「なんでもない。先走って悪かった。挟撃するぞ。——無色、おまえもだ」

「はい！」

無色は元気よく応えると、エルルカの背後に回るように地を蹴った。


「——はぁぁぁっ！」

無色は透明の剣【零至剣（ホロウ・エッジ）】を振るい、エルルカから放たれる巫呪（トウス）や、不意に発現される第二顕現の獣たちを切り裂いた。

魔力で形作られた獣たちは、【零至剣（ホロウ・エッジ）】の一撃によってその構成を解除され、消え去っていく。巫呪（トウス）もまた、形式は違えど魔力を用いたものであるため、なんとか【零至剣（ホロウ・エッジ）】で対応できていた。

とはいえ無論、それは無色一人の力によるものではない。エルルカの前方では、イセセリが目にも留まらぬ速さで跳び回り、絶え間なく巫呪（トウス）を放っている。

左右では竜胆（りんどう）、浅葱（あさぎ）、涅々（ねね）たちが奮戦し、イセセリの戦いに奮起してか、戦意を喪失していた森の民たちも、一人、また一人と参戦してきていた。

巨大な狼を包囲するように、陣が敷かれていく。必然、一人当たりが対応せねばならない攻撃も分散されていき、無色でも辛うじて戦いについていくことができていた。

とはいえ、逆に言えばできたのはそれまでだ。

如何にエルルカを取り囲み、その攻撃を捌こうと、エルルカ自身はほどんとその身にダメージを負っていなかったのである。

無論、無色たちの目的はエルルカを倒すことではない。拮抗状態を作れているだけでも善戦しているとは言える。

しかしそれは裏を返せば、ほんの小さなきっかけで、そのバランスが崩れてしまいかねないということを意味していた。


「━━━━━━━━━━━━━━━━━━━━」


無色の危惧をつぶさに察知したかのようなタイミングで。

エルルカが、吠え声を轟かせる。

そしてそれに合わせるように、エルルカの巨体の表面に生じた界紋が、輝きを放っていった。

「な……っ！」

「これは――」

「――第四顕現だ！　止めないと！」

皆の狼狽の中、無色は叫びを上げた。

竜胆たちが顔色を変え、攻撃を激しくする。イセセリたちも先ほど目にした第四顕現を覚えているのだろう。無色の声に従って、エルルカを止めようと巫呪を放った。

しかし。エルルカはそれらの攻撃を避けるでも打ち払うでもなく全て受け止めると、尾の付け根に四画目の界紋を生じさせていった。

「く……！」

先ほどまではまだ警戒を覗かせていた第二顕現での攻撃にも、巫呪での攻撃にも、エルルカは微塵も動じた様子を見せない。まるで、無色たちの力量は測り終えたとでも言わんばかりに。

このままでは第四顕現が発動してしまう。そして無色が彩禍へと変じられない以上、無色たちの中に第四顕現を発現できる者はいない。

即ちそれは無色たちの敗北を――ひいては死を意味していた。

――無色の死は彩禍の死。そしてそれは、世界の死となる。黒衣に幾度も言われた言葉が脳裏を掠める。無色は彩禍のためにも、そして世界のためにも、絶対に死ぬわけにはいかなかった。

「……っ――」

息を詰まらせ、【零至剣】の柄を握り直す。

無色の第二顕現【零至剣】は、顕現体や魔力で構成されたものを無に帰す力を有している。もしもエルルカの身体にこの刃を突き刺すことができれば、第四顕現を未然に消去することも可能かもしれなかった。

しかし。それと同時に、無色の脳裏をとある可能性が掠める。

無色は未だ、己の魔術を完全に使いこなせているとは言いがたい。【零至剣】は確かに顕現体をはじめとする魔力による構成物を消去するが、無色自身がその対象を選択できるわけではないのだ。

〈キューピッド〉をその身に取り込む際、エルルカは「時間を稼げ」と言った。

【零至剣】でエルルカを直接攻撃した場合、第四顕現のみならず、〈キューピッド〉の支配に抗おうとしているエルルカ自身の魔力をも阻害してしまう可能性があるのではないかと思ったのである。

エルルカの身体が完全に〈キューピッド〉に支配されてしまったなら、もはや打つ手はない。

しかしだからといって、それ以外にエルルカの第四顕現を中断させる方法など――

「――あ――」

そこで無色は、目を見開きながら小さく声を漏らした。

それは、あまりに細い、紬糸のような可能性に過ぎない。

しかし他に方法など思いつかなかった。熟考などしている暇はない。無色の足は、半ば無意識のうちに地面を蹴っていた。

「イセセリさん！　手を貸してください！　エルルカさんの下に潜り込めますか!?」

「……！　わかった！」

走りながら無色が叫ぶと、イセセリが即座に応じてきた。

まさか無色の考えが伝わったわけではあるまい。しかし彼女も、今の状況が絶体絶命であることは理解しているのだろう。こちらの意図を問い質すでもなく、無色の指示に従って身を躍らせる。今日出会ったばかりだというのに、極限状態の中で奇妙な連帯感が生まれているような気がした。

イセセリを選んだ理由は単純なものだった。今ここにいる者の中でもっとも動きが素早く――そしてもっとも、エルルカと時間をともにしてきたに違いないからだ。

「ふっ……！」

無色は地面に【零至剣（ホロウ・エッジ）】を突き立てると、その柄を踏むようにして高く跳躍した。

そしてそのまま、エルルカの巨体の背に張り付くように飛び乗る。エルルカは攻撃を無視して第四顕現の発現に集中する姿勢を取っているからか、微（かす）かに身じろぎするのみで、無色を振り落とそうとはしてこなかった。

好機。無色はエルルカの腹の下に潜り込んだイセセリに声を発した。

「今だ！　イセセリさん！　エルルカさんのお腹（なか）を撫（な）でてください！」

「なっ――」

無色の言葉に、イセセリが微かな狼狽を滲（にじ）ませる。

「まさか貴様の狙いとは……確かにそれであれば……いやしかし――」

「悩んでる暇はありません！　早く！」

「ぐ……お、尾の根を撫でたからといって勘違いするなよ⁉　これは緊急事態だから無効だぞ！　大狼様の伴侶は私だからな！」

「何を言ってるのかよくわかりませんけど、急がないと！」

「く……っ！」

腹を括（くく）ったようなイセセリの声が、下方から聞こえてくる。

無色はそれに合わせて手を伸ばすと、四画目の界紋が出現しかけていた尻尾の付け根を、優しくわしわしと撫で始めた。

そう。無色がイセセリたちに襲われた際、エルルカが伝授してくれた方法である。

あのとき、イセセリたちは〈キューピッド〉に意識を侵食されていたにもかかわらず、嬌声を上げてしばしの間その場に倒れ込んでしまった。もしもこれが、森の民に共通する特徴であったならば、エルルカにも効果があるのではないかと思ったのである。

「エルルカさん！　しっかりしてください！　あなたは、滅亡因子なんかにやられる人じゃあないでしょう……！　彩禍さんの盟友なら、気合いを見せてみろぉぉぉっ！」

エルルカに呼びかけるように叫びを上げながら、ふかふかの毛が生えそろった尻尾の付け根を撫で続ける。

すると。

「────────────────」

エルルカは先ほどまでとは異なる、鼻を鳴らすような声を上げたかと思うと、気持ちよさそうに身体をぶるぶるっと震わせ──

そのまま、右方にこてんと身体を横たえた。

「わ、わわ……っ⁉」

エルルカにしてみれば、単に横になっただけなのだろう。しかし、その身体があまりに巨大すぎた。背中にしがみついていた無色(むしき)は、投げ飛ばされるかのような調子で地面に転がされてしまった。

「ぐっ、がふっ……」

そしてそのまま二回転ほどしたのち、ようやく静止する。

しかし、痛みに悶(もだ)えてもいられない。無色は素早く身体を起こすと、倒れ伏したエルルカの巨体に向き直った。

「イセセリさん！　エルルカさんは——」

が、無色はそこで言葉を止めた。

その光景を目にしたならば、その先を問う必要がないことは明白だったのである。

見上げるような大きさだった巨狼(きょろう)の身体は、もうそこにはなかった。

その代わり、へたり込んだイセセリの膝を枕にするような格好で、人の姿に戻ったエルルカが、ゆっくりと胸元を上下させていた。

「エルルカさん！」

「う……ん……」

無色がその名を呼びながら駆け寄ると、エルルカはゆっくりと目を開けた。

その双眸(そうぼう)には、もう金色の輝きは宿っていない。普段通りのエルルカの目だった。

「おお……無色か。よく耐えてくれたの」

「大丈夫ですか⁉〈キューピッド〉は……！」

「心配ない。……全てわしが呑み込んでやったわ」

言って小さく笑いながら、ぽんぽんと自分のお腹をさする。そののち、けふー、と小さなげっぷを零した。

「は……⁉」

「滅亡因子を……呑み込んだ……⁉」

「どんな身体をしているのです……」

それを聞いてか、竜胆と浅葱、涅々が信じられないといった声を発する。……まあ、無理もあるまい。事前に話を聞いていた無色でさえ、にわかには信じられない結果だった。

「はは……昔通りの〈キューピッド〉ならば、こうはいかなかったじゃろう。それに、ぬしらがいなければ危うかった。よくぞわしを止めてくれた。礼を言うぞ」

「い、いえ……」

「そんな、私たちは」

「………」

竜胆たちが恐縮するように肩をすぼめる。……まあその視線は、未だとんでもないものを見てしまったかのように泳いでいたが。

なんというか、今の今まで神話級に数えられる滅亡因子と戦っていたとは思えない呑気な様に、力が抜けてしまう無色だった。

「ん――」

と、エルルカが、自分を膝枕している者の存在に気づいたように、顔を上方に向ける。

「…………」

イセセリは、なんとも言いがたい表情で、エルルカの顔を見下ろしていた。

エルルカはしばしの間その顔を見つめ返すと、やがて吐息とともに言葉を発した。

「すまぬな……イセセリ。少し……時間を食った」

「……っ」

その言葉に、イセセリは小さく息を詰まらせると。

「……遅すぎです。大狼様」

やがて、微かに震える声で、そう返した。

いつの間にか雨は止み、雲の切れ間から、日の光が差し込んでいた。

終章　往日を越え嚮後へと

「──イセセリと番って三年ほど経ったある日、わしのもとに一人の魔術師が現れた」

　丹礼島の拠点で。

　ぱちぱちと爆ぜる焚き火を見つめながら、エルルカは静かにそう言った。

　今この場にいるのは、エルルカと無色、そしてイセセリの三人のみである。竜胆たち補習組や森の民たちには、事情を話して席を外してもらっていた。

　そう。エルルカが森の民の集落を出奔するに至った事件。今回の騒動の起点となるそのときの真実を、エルルカの口から聞いていたのである。

　ちなみに今のエルルカは、〈庭園〉にいるときのような年若い姿に戻っている。なんでも〈キューピッド〉の処理に力を使いすぎてしまったらしい。大人の身体の方が本来の姿ではあるらしいのだが、普段は力の消費を抑えるため、幼い姿で活動しているとのことだ。

　イセセリは最初面食らった様子だったが、もう既に受け入れているようである。表情はクールなままだったが、先ほどまで尻尾がばっさばっさと揺れていた。

「名を、久遠崎彩禍。あやつはこう言った。

――偉大なる森の大狼エルルカ。あなたの力を貸してほしい。この世界を救うために」

「――」

エルルカの言葉に、無色は小さく息を詰まらせた。

「魔術師、久遠崎彩禍……おまえが言っていた人物か、無色」

一連の話を神妙な調子で聞いていたイセセリが、ちらと無色の方を見ながら言ってくる。

無色は小さくうなずくと、エルルカの方に視線を向けた。

「世界を救う――っていうのは、一緒に滅亡因子を倒してほしい、ってことですか？」

無色の問いに、エルルカはゆっくりと首を横に振った。

「わしの前に彩禍が現れたのは、滅亡因子と呼ばれる存在が現れる前の話じゃ。そうさな
――もう、五〇〇年は前になろうか」

「…………っ」

エルルカの言葉に、無色は息を詰まらせた。

理由は単純。五〇〇年という数字に、覚えがあったのである。

「まさか、そのとき彩禍さんが言った世界っていうのは」

「彩禍から聞いておるようじゃの。――そう。わしらが出会ったのは、今この世界ができ

る前。本来の地球でのことじゃ」

エルルカの言葉に、無色はごくりと息を呑んだ。イセセリは何を言っているのかわからないといった顔をしていたが、エルルカの真意を測ろうとしてか、それとも話の腰を折らぬようにと考えてか、疑問を口には出さなかった。

「今からおよそ五〇〇年前。まだ年若かった彩禍は、地球を侵食する存在を察知し、それを討つために世界中から仲間を探し集めておった。わしもその一人というわけじゃ」

「地球を……侵食する存在」

「うむ。詳しいことはわからぬが、彩禍たちは〈星喰い〉と呼んでおった」

「〈星喰い〉――」

それが、かつて本当の地球を殺した存在の通称。

彩禍がこの世界を創るに至った遠因。

得体の知れぬ怖気を感じ、無色は表情を硬くした。

すると沈黙を保っていたイセセリが、困惑したような顔をしながら口を開く。

「よくわからないのですが……私たちがこうして今も生きているということは、大狼様たちはその〈星喰い〉に勝った、ということでいいのでしょうか？」

エルルカは、その表情に苦渋を滲ませながら頭を振った。

「わしらは確かに、〈星喰い〉を倒した。……じゃがそのとき、もう既に地球は限界を迎えておったのじゃ。わしが集落を出てしばらくののち、天変地異が起こらなかったか？」

エルルカが言うと、イセセリは思い出したように肩を揺らした。

「ありました。大きな地震や天候異常が。少なくない数の同胞があれで亡くなりました」

「……、あれこそが、地球の終わり。わしらの失敗の証じゃ」

「ですが、私たちはこうして今も生きています。集落だって、とうに復興しました。もしあのとき地球が滅んだというのなら、今私たちがいるこの大地はなんだというんです？」

「──第五顕現〈世界〉。ぬしならばこの意味がわかるな？　無色」

「………、はい」

その名は、未来より来訪した彩禍から聞いていた。

顕現術式の極致・第四顕現を超えた奇跡。世界そのものを顕現する術式。

今無色たちが生きている場所は、彩禍が創り上げた地球そっくりの世界だったのである。

エルルカは簡潔にその事柄をイセセリに説明したが、イセセリは今ひとつピンときていない様子だった。まあ、無理もあるまい。無色とて彩禍に出会っていなければ、そんな荒唐無稽な話を信じられたとは思えない。

それよりも、イセセリには気になることがあったらしい。真剣な眼差しで問う。

「……村を出る際、一〇人もの同胞を殺したのは、なぜですか？」

「ああ――」

エルルカは細く息を吐いた。

「彩禍の申し出を、わしは一度断った。集落を放っていくわけにもいかなんだし、そもそも魔術師というやつは好かんかったからの。第一地球が死ぬなどという荒唐無稽な話、信じられまいよ」

じゃが、とエルルカが続ける。

「そのとき、〈星喰い〉の瘴気に当てられた同胞たちが自我を失い、わしと彩禍を襲ってきたのじゃ。あたかも、〈キューピッド〉に思考を侵されたぬしらのようにの」

「…………！」

イセセリが、目を見開いて息を詰まらせる。エルルカは、遠い目をしながら続けた。

「……今回の〈キューピッド〉と異なり、そのとき同胞を元に戻す手立てはなかった。やむなく、わしは同胞を手にかけた。

この事態を放っておけば、また同じことが起こるやもしれぬ。いや……それ以前に、もしも彩禍の言っていることが本当だとしたら、地球に息づく生物全ての危機に他ならぬ。

そうして――わしは彩禍の申し出を受けることを決めた」

エルルカの言葉に、イセセリが両手を戦慄(わなな)かせる。

それはそうだろう。エルルカの言うことが真実だったのならば、エルルカは一族を裏切ったどころか、一族を——ひいては世界そのものを守るために戦ったことになるのである。

「だったら、なぜ、私を……！　私も、連れて行ってくれなかったのですか……」

「……すまぬな。命がけの旅路になることは予想できていた。ぬしを巻き込むわけにはいかなかったのじゃ。それに、ぬしは族長の娘。同胞殺しの共犯にしてしまうわけにもいかなかった」

「私は……、私は……ッ！　あなたさえいてくれたなら、それでよかったのに——」

「ぬしが壮健に暮らしてくれるのなら、わしはそれでよかった。その礎(いしずえ)となれるのならば、この老骨を砕く意味もあるじゃろうと信じていた。そもそも夫婦(めおと)といっても仮初めのものじゃ。わしのことなぞ忘れて、新たな伴侶をもらい、穏やかに暮らしてくれればと思っておったのじゃが……」

エルルカは、ふっと頬を緩めた。

「まさかこのようなところまで追いかけてくるとはの」

その言葉を受け、イセセリは細く息を吐き、同様に口元を綻ばせた。

「……当然です。地の果てまでだって追いかけますよ。私はあなたの妻なのですから」

「……ん。そうか」

エルルカはイセセリの言葉に、そうとだけ返した。

あまりに短い、簡素な言葉。けれど二人にはそれで十分だったのだろう。二人の視線が交わり、どちらからともなく笑みを濃くする。エルルカが手を伸ばしてイセセリの尾を撫でると、イセセリが心地よさそうに身じろぎをした。

「さて――」

しばしの間そうしたのち、エルルカがふうと息を吐いた。

「さすがに疲れたの。細かいことは改めて話すとして、しばし休ませてもらうぞ」

「もちろんです。私も、同胞たちに事情を説明する時間がほしかったところですので。……まあ、族長自ら掟を破ったのです。解任は避けられないでしょうが」

「そうかの？　それで族長の座を追われるような間柄には見えなかったがな」

エルルカはニッと笑いながらそう言うと、重い身体を持ち上げるように立ち上がり、数歩歩いて無色の肩に手を乗せた。

「というわけじゃ。少し身体を休める。――無色、ぬしも付き合え」

「はい……って、え？」

突然のことに無色が目を丸くしていると、イセセリがいきり立つように声を上げた。

「な、なぜその男なのです！　共ならば私が！」

「ぬしはやることがあるじゃろう？　この期に及んで族長の務めを果たさぬつもりか？」

「ぐッ……ぐぐぐぐ……！」

イセセリは悔しそうに身を捩ると、無色にビッと指を突きつけてきた。

「大狼様の尾の根を撫でたからといって勘違いするなよ!?　正妻は私だからな!?」

そしてそう言って、のしのしとその場を去っていく。

無色はポカンとその背を見送りながら、エルルカに問うてみた。

「……尾の根？」

「ああ、森の民にとって腹と尻尾の付け根は敏感な場所でな。そこを一緒に撫でるのは、極めて親密な関係でないと許されぬ行為なのじゃ」

「極めて親密な関係」

「それこそ親子とか――夫婦とかかの」

「…………」

エルルカの言葉に、無色は渋面を作った。……包囲から逃れるため、エルルカだけでなくイセセリをはじめ、無数の森の民の急所を撫でてしまった気がする。

「……どうしましょう。これ」

「んー、イセセリたちが明確に覚えておらぬのであれば黙っておけ。わしは——」

エルルカはにやりと口元を緩めた。

「まあ、別に構わぬぞ」

「いやこっちは構うんですよ！」

無色は思わず、悲鳴じみた声を上げた。

◇

「もしもし？　ああ、俺俺。——は？　詐欺じゃねーっての。切るぞこんにゃろ」

丹礼島北部に隠された地下封印施設の出入り口で、秘宮来夢はスマートフォンを左耳に当てながら、不快そうに眉をひそめた。

するとと電話口から、軽快な女の笑い声が聞こえてくる。

『あっはっは、ジョーダンっすよ。で？　首尾の方はいかがっすか？』

「ああ——」

来夢は右手に持った小箱を弄ぶようにしながら、ニッと唇を歪めた。

「予定通りだ。目標物は確保した。警備システムの方も騙しといたから、誰かが直接中を確認するまではバレねーだろ、たぶん」

『きゃーん！　やるっすねぇ、らむたん。アタシ様カ・ン・ゲ・キ♡』

「らむたんはやめろ、らむたんは」

　来夢はうんざりするような顔をしながらため息を吐いた。

　来夢が右手に持った小箱は、来夢自身が内側に構成処理を施した魔導具である。主な機能は対象物の格納及び封印。簡単に言えば、今し方来夢が出てきた封印施設の超小型版といったところだ。似たような機能を持った魔導具は存在するが、これは一応来夢のアレンジを加えたオリジナルである。構成式も公開していない。

　対象物は無機物に限らず、有機物――それこそ滅亡因子も含まれる。

　まああまりに等級の高い個体や、力の限り暴れ回る個体を無理矢理閉じ込めるほどの強度はないが、特定の条件下であれば話は別だった。

　たとえば仮に神話級に位置する滅亡因子であっても、身体を二四分割されて仮死処理が施されているものであったりしたならば、十分格納は可能だった。

　そう。来夢が持った小箱の中には今、地下施設に封印されていた神話級滅亡因子〈ウロボロス〉の身体の一部が格納されていたのである。

　来夢が今回の補習に参加した本当の目的が、これだったのだ。

　とはいえ、不満がないでもない。来夢は渋い顔をしながら言葉を続けた。

「……つか、なんだよあの狼娘どもは。聞いてねえぞ。しかもこの前復活させた〈キューピッド〉まで使いやがって」

『あれ？　言ってませんでしたっけ。こいつはソーリー。でもらむたんなら上手くやってくれるって、アタシ様信じてました。キラキラ。くもりなき眼』

電話口から、雇い主が調子のいいことを言ってくる。

来夢はやれやれと息を吐きながら、思い出したように眉を揺らした。

「そういえば、〈キューピッド〉の鱗粉が俺に効かなかったのはいいとして、女連中が俺にまったく興味示さなかったのはどういうこった？」

『えー？　なんすか、らむたん。ショックだったんすか？』

「混乱に乗じて行動する分には都合がよかったけど、なんか腑に落ちないというか」

来夢が不満そうに言うと、電話口の女は笑いながら続けてきた。

『〈キューピッド〉の権能は性欲と種族保存本能の暴走っすからねえ。――生命のサイクルから外れちゃった不死者は対象外だったんじゃないっすか？』

「……はっ」

その言葉に、来夢は思わず破顔してしまった。

「なるほどな。バケモンは眼中にねぇってか。そりゃあ仕方ねえな」

『まあまあ、そう落ち込まないでください。帰ってきたら、きりたんのおっぱいくらい揉ませてあげますから』

「いやなんで人のなんだよ」

『はっ、もしかしてアタシ様狙いっすか？　えー、でもー。アタシ様のはむしピが予約済みなんでぇー。動画で我慢してほしいっていうかぁー。可能性は感じないでほしいっす』

「……切るぞ」

来夢はうんざりと息を吐くと、画面をタップして通話を切った。

「――ハッ。いつになくはしゃいでんなウチのボスは。よっぽど無色がお気に入りか」

そしてスマートフォンをポケットに収め、ニッと唇を歪める。

「さあて……丁か半か。賭けるからにゃあデカく張らねえと面白くねえ。せっかく繋いだ縁だ。バレるまでは仲良くしようじゃねえか、ルーキー」

来夢は誰にともなくそう言うと、片手で小箱を弄びながら木々の合間に消えていった。

◇

「……それで、これは一体何なんです？」

白い湯気がもうもうと立ち上る中、無色は困惑に染まった声を上げた。

それはそうだ。あのあと無色はエルルカの案内のもと、丹礼島中央部の洞窟の中へとやってきたのだが――

「ん？　温泉じゃが？」

「なんで俺が一緒に入れられてるんだって聞いてるんですよ！」

無色はたまらず叫びを上げた。

そう。洞窟の中は、地底湖のような温泉になっていたのである。そしてその目的地に着くなり、それまでくたびれた様子を見せていたエルルカが突然素早く動き出し、無色の服を剝ぎ取ると、そのまま温泉に突き落としてきたのだ。

無論その後エルルカは自ら服を脱ぎ去り、温泉にダイブ。こうしていつの間にか混浴状態が作られてしまっていたのである。

「まあまあ、堅いことを言うでない。ぬしも疲れておるじゃろう。ほれほれ」

軽い調子で笑いながら、エルルカが無色に湯をかけてくる。

無色としてはすぐにでも立ち去りたいところだったが、今湯から上がるのはいろいろとまずい気がした。仕方なく肩まで温泉に浸かる。

すると無色の身体を起点とするように、お湯がぼんやりと輝きを帯びていった。

「わっ、これは……」

「恐れずともよい。身体を癒やす天然の療水じゃ」

エルルカの言葉通り、段々と身体の疲労や痛みが取れていく。無色は長く吐息したのち、不思議そうに首を捻った。

「……すごいですね。これもこの島特有のものなんですか？」

「うむ。わししか知らぬ特別な場所じゃ。誰にも話すでないぞ？」

「そうなんですか？　……って、そんな場所に、なんで俺を？」

無色が首を傾げながら言うと、エルルカは「んー」と湯の中で身体を伸ばしながら答えてきた。

「一つはまあ、礼じゃの」

「礼？」

「うむ。まあ、なんじゃ。わしはあまり口が上手うないでな。伝わっておらぬやもしれぬが、ぬしには感謝してもしきれぬと思っておるのじゃぞ。――ぬしのおかげでイセセリと和解することができた。改めて礼を言う」

「いえ、そんな」

「ぬしが望むなら一晩相手をしてもいいくらいには感謝しておる」

「それは遠慮しておきます」

「つれぬやつよの」

エルルカがからからと笑う。無色はもう一度首を傾げた。

「一つっていうことは、他にも理由があるんですか？」

「ああ……そもそもぬしを──正確に言うのなら彩禍の身体をここに連れてくることが、今回の補習の本当の目的じゃったからの」

「……、どういうことです？」

無色が問うと、エルルカは温泉の縁にどっかと腰掛けた。慌てて目を逸らす。

「──先に訊いておくが、ぬしと彩禍の意識と記憶はどういう扱いになっておる？　今ぬしが見聞きしたことは、彩禍にも自動的に伝わるのか？」

「え？　いえ、そういうことはないですけど……」

無色の言葉に、エルルカは「そうか」と目を伏せた。

「無色。ぬしは彩禍を好いておると言ったな」

「は、はい」

「そうか。ならば伝えておこう」

エルルカは、静かに語り出した。

◇

「──無色ぃぃぃぃぃぃぃぃぃぃぃぃっ！」

無色とエルルカが温泉から拠点に戻ると、そんなけたたましい声が出迎えてきた。

「えっ、瑠璃？　それに黒衣も」

そこにいた人物を見て、無色は目を丸くした。

だがそれも当然だ。竜胆たち補習組やイセセリたち森の民に交じって、〈庭園〉にいたはずの瑠璃と黒衣の姿がそこにあったのだから。

瑠璃は無色の姿を認めると、目にも留まらぬ速さで飛びかかってきた。

「無色！　無事⁉　何もされてない⁉　なんかホカホカしてない⁉」

「う、うん。大丈夫だけど……それよりなんで二人はこんなところに？」

無色が問うと、瑠璃の後方から黒衣が静々と歩いてきた。

「この丹礼島にて、神話級滅亡因子の反応が観測されたため、応援要員として瑠璃さんが派遣されたのです。──とはいえ、話を聞くに既にことは済んだあとのようですね。さすがです、騎士エルルカ」

「いや、皆の協力あってのことじゃ」

黒衣の言葉に、エルルカがひらひらと手を振りながら返す。

しかし瑠璃は興奮冷めやらぬ調子で、後方に立っていた浅葱に視線を向けた。

「浅葱ぃぃぃっ！」

「は、はいっ」

「本当ね？　何もなかったのね？　〈キューピッド〉の権能に当てられて無色を誘惑とかしてないのよね？」

「…………、もちろんにございます」

「何よその間は！」

瑠璃がぐるんと方向転換をして、浅葱に詰め寄る。浅葱は「ひぃっ」と息を詰まらせ、身体を硬直させた。

ちなみにイセセリは瑠璃の名を耳にしてか、「瑠璃……瑠璃？　え？　私あれに似てるって言われてたの……？」というような、複雑そうな顔をしていた。

「ところで」

と、黒衣が、何かに思い至ったかのように無色に視線を向けてくる。

「あ、はい」

「無色さんは騎士エルルカと、一体どこへ行っておられたのですか？」

「それは……」

そのなんでもない問いに、しかし無色はちらとエルルカの方を見やった。

するとそれに、エルルカが念を押すように目配せしてくる。

「……ちょっとその辺を散歩してただけですよ。エルルカさんが少し身体の調子を取り戻したいっていうので」

「…………、そうですか。ならばよいのですが」

黒衣は一瞬目を細めたのち、そう言って視線を外した。

……勘のいい彼女のことだ。もしかしたら怪しまれてしまったかもしれない。

けれどだからといって、彼女にそれを話すわけにはいかなかった。

——無色の脳裏に、先ほど地底湖でエルルカから聞いた言葉が蘇る。

「——永きに亘る〈世界〉の維持で、彩禍の身体は、限界を迎えつつある。

恐らくは、保ってあと半年といったところじゃろう」

あとがき

お久しぶりです橘公司です。『王様のプロポーズ5　真緒の賢者』をお送りいたしました。如何でしたでしょうか。お楽しみいただけたなら幸いです。

というわけで今回はエルルカのお話と相成りました。表紙の数字の入れ方がいつにも増して大胆不敵です。なんだこの5は。鉄壁過ぎる。さすがはディフェンスに定評のある池上の背番号です。元絵を見たい方は是非目次でご堪能ください。

さて、今回は告知がいっぱいございます。まずはなんといってもコミカライズ。作画：栗尾ねもさん、構成：獅子唐さんによる『王様のプロポーズ』コミック版第1巻が、なんとこの本と同時発売されております！

栗尾さんの繊細かつ美麗な絵と、獅子唐さんのツボを押さえた絶妙な構成が光る素晴らしいコミカライズですので、是非とも原作と併せてお楽しみいただけると幸いです。

そしてなんとなんと！　コミック版『王プロ』第2巻は、来月一〇月に発売が予定されております！　こちらも是非よろしくお願いします！

そしてこの本が発売される頃にはもう公開されていると思いますが、なんと３Ｄ久遠崎彩禍が歌って踊る動画が制作されました！　なんだそれ!?　すごい!!

曲は『ＫＩＮＧ』。王様だけに。王様だけに！　しかもなんと、この動画のために高橋李依さんに歌っていただいた特別仕様となっております！　プレミアムな仕上がりとなっておりますので、是非チェックしてみてください！

さて今回も、様々な方の尽力によって本を発行することができました。

イラストレーターのつなこさん、デザイナーの草野さん、担当氏。いつもお世話になっております。毎回素晴らしい仕事をありがとうございます。

編集、出版、流通、販売など、この本に関わってくださった全ての方々。そして今この本を手にとってくださっているあなたに、大輪の花のような感謝を。

次は『王様のプロポーズ』６巻でお会いいたしましょう。

二〇二三年八月　橘　公司

王様(おうさま)のプロポーズ5
真緒(まそお)の賢者(けんじゃ)

令和5年9月20日　初版発行

著者――― 橘(たちばな)　公司(こうし)

発行者――山下直久

発　行――株式会社KADOKAWA

〒102-8177

東京都千代田区富士見2-13-3

0570-002-301（ナビダイヤル）

印刷所―――株式会社暁印刷

製本所―――本間製本株式会社

ISBN978-4-04-075105-4 C0193　◇◇◇